El Crimen de Linda MacArthur

JOSÉ INÉS UREÑA HERNÁNDEZ

TITO

Reservados todos los derechos. No se permite la reproducción total o parcial de esta obra, ni su incorporación a un sistema informático, ni su transmisión en cualquier forma o por cualquier medio (electrónico, mecánico, fotocopia, grabación u otros) sin autorización previa y por escrito de los titulares del copyright. La infracción de dichos derechos puede constituir un delito contra la propiedad intelectual.

Ibukku es una editorial de autopublicación. El contenido de esta obra es responsabilidad del autor y no refleja necesariamente las opiniones de la casa editora.

Publicado por Ibukku
www.ibukku.com
Diseño y maquetación: Índigo Estudio Gráfico

Copyright © 2017 JOSÉ INÉS UREÑA HERNÁNDEZ (TITO)
ISBN Paperback: 978-1-64086-004-9
ISBN eBook: 978-1-64086-005-6
Library of Congress Control Number 2017945584

ÍNDICE

PRÓLOGO	5
CAPÍTULO UNO	6
CAPÍTULO DOS	37
CAPÍTULO TRES	39
CAPÍTULO CUATRO	81
CAPÍTULO CINCO	112
CAPÍTULO SEIS	128
CAPITULO SIETE	132
CAPÍTULO OCHO	163
CAPÍTULO NUEVE	167
CAPÍTULO DIEZ	182
CAPÍTULO ONCE	198
EPÍLOGO	200

PRÓLOGO

Es un orgullo, para mí, presentar una historia donde la perspicacia y la agudeza mental enfrentan personalidades opuestas en el desarrollo del asunto que los involucra.

Como si se tratase de dos jugadores de ajedrez, donde el error de uno, cuyo instinto se antepone al razonamiento, será bien capitalizado por el otro, que contrario al primero, ordena pacientemente sus ideas, dominando sus emociones, dejando en la paciencia el tiempo necesario del desenvolvimiento del juego, sin precipitar ningún movimiento, desplegando sus jugadas en el tiempo oportuno, emulando con esto una fórmula matemática de manera analítica, donde nada atribuía a la casualidad sino que averiguaba la causa, y analizando el efecto logró el objetivo deseado, penetrar en la mente de su adversario, descifrando así el enigma que atormentaba su alma.

CAPÍTULO UNO

Eran aproximadamente las dos de la madrugada, cuando los habitantes del barrio Este de la ciudad de Los Ángeles California, fueron despertados por unos espantosos gritos de horror seguidos del rechinar de las llantas de un auto.

Algunos vecinos se asomaron a la ventana y entre la obscuridad y la fuerte lluvia, sólo vieron un vehículo marcharse a toda velocidad. De inmediato una vecina reportó el hecho a las autoridades, una voz femenina atendió su llamado, la señora bastante alterada dijo:—Señorita operadora, algo horrible acaba de suceder, se escucharon unos gritos aterradores eran de una mujer estoy segura —reportó con respiración agitada.

—Tranquilícese por favor y dígame la ubicación —le pidió.

La vecina dio el nombre de la calle y la referencia de cruce, citando el punto de donde vio partir el vehículo asumiendo que de ahí habían venido los gritos.

—¿Cuál es su nombre señora?

—Petra, Petra García.

—Muchas gracias por su reporte señora García enseguida irá una patrulla de policía a revisar.

—Al contrario gracias a usted, espero y lleguen pronto —concluyó la denunciante.

La operadora envió a la unidad de policía que le correspondía la vigilancia de dicho sector, momentos más tarde llegaron al punto de referencia.

—¿Miras algo compañero? —

—No, nada, vamos a revisar —

—Unidad 203 llama.

—Adelante.

—Estamos en el punto referido, vamos a revisar el lugar.

—Proceda con precaución.

Maculen y su compañero se colocaron sus gorros de policías conocidos en el argot policíaco con el nombre de quepis, también se pusieron sus impermeables color azul marino con letras fosforescentes a su espalda (LAPD) correspondientes a las iniciales de Los Angeles Police Department (por sus siglas en inglés), con éstos un tanto protegidos de la lluvia que no disminuía su intensidad, utilizando sus lámparas de mano, procedieron a rastrear el lugar, en la parte de la banqueta no encontraron nada, en el pavimento de la calle encontraron las huellas de las llantas de un vehículo perfectamente marcadas, continuaron rastreando, aluzaron en la parte trasera de la caseta de parada de autobús, y encontraron a una bella mujer elegantemente vestida, tirada entre los arbustos.

—Maldición —expresó Maculen alumbrando con su linterna el rostro de la desafortunada mujer, lentamente recorrió la luz por su cuerpo, y a la altura del abdomen observó manchas de sangre, su compañero tomó el radio portátil.

—Unidad 203, a central.

—Adelante.

—Localizamos un cuerpo, al parecer se trata de una mujer, envié una ambulancia por favor —pidió.

—Enseguida —le respondieron.

Unos momentos después el ulular de las sirenas rompía el silencio de la noche, la ambulancia y otras unidades policíacas llegaron al lugar, pronto los paramédicos procedieron a su atención, checaron los signos vitales con resultado negativo, desafortunadamente la mujer estaba muerta, una vez cerciorados de ello, el paramédico deslizó su mano por el rostro bajando los parpados de los ojos para dejarlos cerrados para siempre, enseguida la cubrieron con una sábana blanca.

Algunas personas, calzando pantuflas y vistiendo pijama, sin importarles la intensidad de la lluvia, protegidos con paraguas, movidos por el morbo y la curiosidad se acercaron, las murmuraciones se escucharon de inmediato, los policías procedieron a acordonar el área tres metros alrededor del cadáver, utilizando cinta plástica color rojo. Después retiraron a la gente ampliando el perímetro donde colocaron cinta plástica color amarillo, también cerraron la calle desviando el poco tráfico que por ahí pasaba a esas horas de la madrugada, fuera del perímetro acordonado, los policías hacían preguntas a los presentes entre los cuales se encontraba la señora Petra García quien hizo la llamada, Maculen tomó sus datos, nadie aportó información que sirviera de algo, sólo los desesperados gritos que habían escuchado.

En esos momentos llegaron dos vehículos sin identificación oficial, de los cuales se bajaron cuatro hombres vestidos con gabardinas obscuras y sombrero de acuerdo al atuendo, eran los agentes del departamento de homicidios a cargo del teniente López, un oficial con mucha experiencia en la corporación que tenía reconocimiento de ser un gran detective, a paso firme con una determinación absoluta, camino indiferente a la lluvia, se abrió paso entre la gente y familiarizado con eventos de esa naturaleza, levantó el cordón amarillo he ingresó a la escena del crimen llegando hasta el cuerpo que yacía inerte entre los arbustos.

Un policía descubrió el rostro de la víctima, el otro mantenía la luz de su lámpara directo a ella, el teniente recorrió la sábana hasta el área del abdomen donde estaban las manchas de sangre, la observó por unos instantes, las facciones de la víctima eran de fina textura en su rostro tenía un tenue toque de maquillaje, sus labios color rojo carmesí mostraban un pequeño hilo de sangre que salía de su boca, sus uñas tenían el suave color de sus labios, el teniente en su mente fijaba sus primeras impresiones y sacaba conjeturas, luego la cubrió hasta la cabeza, y preguntó:—¿Qué tenemos agente?

—Nada señor, nadie la conoce parece que la víctima no es del sector.

—Por sus ropas y su elegancia, parece que no, ¿dónde están los peritos?

—En estos momentos están llegando señor.—Muy bien que rastreen bien el lugar, quiero toda la evidencia posible, y retira ya a los curiosos si no aportan alguna información, que se coman el morbo en sus casas, y a los reporteros que cubran espectáculos, no deberían de estar aquí, sólo entorpecen las investigaciones.

—Sí señor, vamos ustedes ya retírense, nada tienen que hacer aquí.

Los curiosos en su mayoría vecinos, en medio de murmuraciones empezaron a retirarse. Una inverosímil pregunta se escuchó:—Pobre mujer, ¿quién la habrá matado?

Como si la respuesta estuviera en el aire en medio de la fuerte lluvia. Los reporteros de los diferentes medios locales un tanto más insistentes, desacatando la orden y evadiendo a los policías, tomaban cualquier cantidad de fotografías.

—Vamos, ya retírense.

Persistieron los policías hasta lograr limpiar el área de personas ajenas a las tareas correspondientes al caso.

Los elementos especializados en la escena del crimen utilizando reflectores, alumbraron el lugar y procedieron a buscar evidencias, y fijar la escena tomando fotografías de todos los ángulos, cerca del cadáver se encontró un teléfono celular de última generación.

—Esto fue todo lo que encontramos teniente —dijo uno de ellos entregándole el teléfono en mención.

—¿Ya le tomaron las huellas?

—Lo que ha sido posible, ya que estaba tirado y la lluvia le ha caído encima.

—Gracias —

respondió el teniente agarrando el teléfono, lo que en primera instancia le llamó la atención pues un delincuente común se lo hubiera llevado, el teniente lo utilizó para marcar a la estación.

—Departamento de datos a sus órdenes.

—Ingrid —habla el teniente López.

—¿En qué le puedo ayudar teniente?

—¿Se registró el número de esta llamada?

—Así es, lo tengo en pantalla.

—Necesito la información.

—Claro que sí teniente, el teléfono está registrado a nombre de Arturo Hernández.

—Revísame los siguientes números por favor —pidió el teniente proporcionándole números de las llamadas más recientes.

Ingrid de inmediato los ingresaba a su computadora y respondió:—Uno pertenece al licenciado Miguel Hernández.

El nombre era ampliamente conocido en el ámbito del sistema de justicia.

—¿El amigo del fiscal?

Ingrid auxiliándose de su computadora confirmó:—Así es, otro de los números pertenece a Linda MacArthur.

—¡Maldición! —expresó el teniente asumiendo que podía tratarse de la víctima, y la relación que pudiera tener con el licenciado Hernández.

El teniente se pasó la mano izquierda por la frente, mostrando su preocupación luego observó que los peritos y fotógrafos ya habían terminado su trabajo y recogían el equipo.

—Llévensela y regístrenla como femenina desconocida —ordenó a la unidad forense quienes en medio de la lluvia levantaron la mortaja, la colocaron en una camilla y la subieron cerrando las puertas, las luces rojas, amarillas y azules, a esas horas de la madrugada daban testimonio mudo de aquel lamentable suceso.

Mientras que Ingrid permanecía en la línea preguntó —¿Algo más teniente?

—Sí —dame el domicilio del señor Hernández.

Enseguida le proporcionó los datos que el teniente apuntó en una libreta.

—Gracias Ingrid —el teniente terminó la llamada y marcó de su teléfono celular.

En la residencia de un exclusivo sector de la ciudad, un teléfono celular sobre el buró de madera fina a un lado de la cama sonaba insistente. Un hombre que hasta ese momento dormía placentero al lado de su esposa, estiró la mano y prendió la lámpara, la señora se giró, dándole la espalda y echándose el edredón encima de la cara, para evitar que la luz le diera directo a los ojos. El hombre con gesto serio y consciente de que una llamada a esas horas de la madrugada por lo regular no eran buenas noticias, tomó el teléfono y respondió la llamada. Se trataba del fiscal de distrito.

—Sí, bueno.

—Señor, disculpe tenemos un evento y creo que tiene algo que ver con el abogado Hernández —le informó el teniente.

El fiscal con gesto de incredulidad apartó de encima de él la cobija, abandonó la cama y poniéndose de pie, inquirió.

—Mi amigo Miguel es de excelentes principios con una gran reputación.

—¿Qué pasa con él, teniente?

—Creo que no se trata directamente de él, sino de su hermano.

—¿Arturo?

—Así es señor.

—Lo conozco bien, es un gran hombre, con gran reputación en la facultad.

—No lo dudo señor, la situación es que reportaron el hallazgo de una mujer muerta, estamos en el lugar de los hechos.

—¿Y eso qué tiene que ver con Arturo?

—Encontramos su teléfono celular en la escena del crimen, cerca de la víctima.

—¿Está seguro teniente?

—Así es señor, ya lo constatamos en la central.

—¡Dios mío!, teniente vaya al domicilio, investigue, comuníqueme cuando esté allí.

—Sí, señor —respondió el teniente mientras que el fiscal expresaba con semblante de incredulidad.

—No lo puedo creer —de inmediato marco al celular de su amigo Miguel.

Momentos más tarde el teniente López llegaba a la casa de Arturo Hernández, en la parte de enfrente todo estaba obscuro, presionó en varias ocasiones el timbre, nadie respondió. El teniente camino alrededor de la casa para ver si se percataba de algo extraño en alguno de los cuartos posteriores, pero al igual que en la parte de enfrente todo estaba obscuro. Observó el jardín donde sólo estaba un bonito e imponente perro doberman de origen alemán dentro de su casa de madera protegiéndose de la lluvia, aunque el perro vio al teniente, no hizo nada por levantarse ni ladrar, parecía que presentía el mal acontecimiento, sólo lanzaba unos pequeños chillidos como queriendo comunicar algo.

—Bonito perro —opinó el teniente, luego regresó a la puerta principal y golpeó insistentemente con sus nudillos, la vecina de al lado despertada por los fuertes golpes, se asomó por una ventana.

—No hay nadie, salieron ayer por la tarde y que yo sepa no han regresado —informó.

—¿Sabe cómo se llaman?

—Sí, Linda, Linda MacArthur, y el esposo se llama Arturo.

—Gracias por su información señora.

La vecina, molesta por haber interrumpido sus sueños, cerró de un golpe su ventana y la cubrió con las cortinas.

El teniente marcó por teléfono.

—Señor, estoy en la casa de Arturo Hernández, nadie sale y una vecina me dijo que no estaban en casa.

—Gracias teniente, manténgame informado por favor, y trate el asunto con la mayor discreción posible.

—Sí señor —concluyó.

El teniente abordó su vehículo y se retiró rumbo a su oficina en el cuartel general de policía localizado en el centro de la ciudad, la lluvia no cesaba, al llegar se quitó el sombrero por donde aún le escurría el agua, de igual manera se encontraba su gabardina que colgó en un perchero, luego se sentó en la silla estilo ejecutivo, colocada detrás de su escritorio, aunque estaba acostumbrado a eventos de esta naturaleza. En este en particular, él se encontraba un tanto preocupado, sabía que tendría la presión del fiscal.

Una hora después ya al amanecer, entró una llamada a su celular.

—Teniente.

—Sí, diga.

—Están reportando del hospital central, un hombre herido, de hecho llegó inconsciente, su licencia de conducir lo identifica como Arturo Hernández, así como una credencial con el mismo nombre que lo acredita como profesor de la universidad de California en Los Ángeles.

—¿Qué pasó?

—Los trabajadores de una compañía constructora, lo encontraron atrapado en los retorcidos fierros de su propio vehículo, chocó contra un muro de contención que protegía la obra, el reporte policíaco indica que conducía a exceso de velocidad y en estado de ebriedad.

—Gracias —el teniente le marco de nuevo al fiscal.

—Sí, bueno.

—Señor, parece que ya se localizó al señor Arturo Hernández, lo están reportando que ingresó inconsciente al hospital central, al parecer sufrió un accidente automovilístico.

—Gracias teniente, lo alcanzó allá.

El teniente se levantó y se puso de nuevo su gabardina y su sombrero.

—¿Lo acompaño teniente? —preguntó el agente.

—No es necesario, quédate a terminar el reporte, el fiscal lo va a pedir estoy seguro —respondió el teniente y se retiró.

La lluvia había cesado y el día clareaba con sus primeros rayos de sol, ya los principales rotativos de la ciudad daban a conocer la trágica noticia, con letras grandes y una fotografía del cadáver en primera plana. El teniente aprovechando la luz roja del semáforo compró un ejemplar, observó la foto y en esos momentos la luz del semáforo cambió a verde, dejó el periódico en el asiento y continuó su camino.

Al llegar al hospital agarró el periódico, se bajó del auto y se dirigió al interior por el área de urgencias donde Arturo estaba siendo atendido, por el momento no podía ingresar, así que espero en la estancia, se sentó en un cómodo sillón y empezó a leer el periódico, quería conocer la perspectiva del reportero en este caso, la nota especulaba sobre el posible móvil del asesinato, citando como crimen pasional la principal línea de investigación, desde luego que el teniente sabía que la nota contenía la más entera esencia del morbo para conseguir mayor distribución.

Momentos más tarde llegó el fiscal acompañado del licenciado Miguel Hernández hermano de Arturo y Gran amigo del fiscal, el teniente cerró el periódico, se levantó del sillón y saludó de mano al fiscal, mientras que Miguel impaciente preguntaba a los médicos sobre el estado de salud de su hermano sin obtener una respuesta, hasta que salió el médico que lo atendió.

—¿Cómo se encuentra? —preguntó Miguel con cierta ansiedad.

—Está en coma, sufrió severos golpes en la cabeza, la tomografía nos revela una fuerte inflamación en el cerebro, será cuestión de tiempo que los medicamentos desinflamen el área afectada, y esperar su reacción, en estos momentos se encuentra en el área de terapia intensiva.

—¿Puedo verlo? —preguntó Miguel.

—¿Es usted familiar de él?

—Sí, soy su hermano.

—Está bien puede pasar a verlo, sea breve por favor —respondió el doctor y se retiró, ya el altavoz lo solicitaba para atender otra emergencia.

—Doctor Pérez a sala de urgencias, doctor Pérez a sala de urgencias.

Miguel se dirigió a la sala de terapia intensiva, debido a las restricciones y la importancia del caso, el teniente y el fiscal se dirigieron a la oficina del director general, respetuosamente se identificaron con el haciéndole saber la relevancia del asunto por tratarse de la investigación de un homicidio en el cual existía una gran probabilidad que el paciente estuviera involucrado. El fiscal solicitó permiso especial para poder ver a Arturo. El director, hombre respetuoso de la ley, concedió toda facilidad solicitada de parte del fiscal, quien agradeció al director por su cooperación. Luego el fiscal acompañado del teniente se dirigió a la sala de terapia intensiva donde se encontraba.

Miguel tomaba del brazo a Arturo, quien yacía inconsciente conectado al oxígeno. Él mantenía la mirada fija en el rostro de su hermano, mientras por su mente pasaban recuerdos donde se veían felices jugando cuando niños, sus facciones denotaban la angustia, pues temía perderlo para siempre, una lágrima rodó por su mejilla.

El fiscal respetando tal momento de su amigo, con un gesto le indicó al teniente que salieran de la sala, el teniente acató la orden dejando el periódico en un buró de madera situado cerca de la cama, el fiscal se quedó afuera cerca de la puerta, tomó su teléfono celular y realizó una llamada. El teniente recorrió el pasillo y fue a un área donde almacenaban las pertenencias de los pacientes.

—Señorita buenos días, soy el teniente López de la policía de Los Ángeles y necesito las pertenencias del hombre que ingresó por un accidente automovilístico, al parecer su nombre es Arturo Hernández

La persona encargada de dicha área después de ver la identificación del teniente, revisó algunas bolsas en una gaveta de aluminio de varios compartimentos, tomó una y dijo...

—Así es teniente aquí están, sólo firme este recibo por favor —el teniente tomó la bolsa, se cercioró del nombre y firmó.

—Gracias.

Luego se dirigió al laboratorio de su departamento.

—Hola teniente, ¿en qué le puedo ayudar?

—Me revisas estas manchas de sangre por favor.

—Claro —enseguida el laboratorista realizó las pruebas pertinentes a la sangre.

—Pertenecen a dos tipos diferentes —ella comentó.

—Significa que la ropa tiene rastros de sangre de otra persona.

—Así es.

—Hazme un dictamen de eso por favor para anexarlo en el expediente —dijo el teniente y salió.

Mientras tanto en la sala de terapia intensiva del hospital, Miguel a solas con su hermano lo tomaba de la mano, las interrogantes de lo que pudo haber pasado recorrían su mente.

El silencio fue interrumpido por la llegada de una enfermera.

—Con permiso señor, tengo que suministrarle algunos medicamentos —dijo al momento que preparaba una jeringa, luego filtró su contenido en el frasco de suero.

Miguel limpió las lágrimas de su rostro y se incorporó.— Cuídelo muy bien por favor, él es bueno, mi corazón me dice que no ha hecho nada malo.

La enfermera sin saber del caso, sólo se limitó a decir.

—No se preocupe, estará bien atendido.

Miguel salió de la sala, ahí lo esperaban el fiscal, el teniente, el agente Maculen y su compañero.—Tendré que ponerlo bajo custodia —el teniente mencionó, dirigiéndose a Miguel.

Miguel no dijo nada, comprendía la gravedad del asunto, el teniente dio instrucciones precisas a los policías para que se quedaran resguardando a Arturo en calidad de detenido, el agente Maculen entró a identificarlo, vio el periódico sobre el buró, reconoció de inmediato la fotografía de primera plana y con un interés muy singular lo tomó, luego salió y confirmó con el teniente la identidad del paciente. El fiscal se dirigió a su amigo.

—Tenemos que ir a la morgue para que la identifiques.

— Miguel respondió con tristeza.

Enseguida los tres se retiraron del lugar, el agente Maculen se sentó en un sillón individual afuera de la sala de terapia intensiva y se dispuso a leer el periódico, momentos más tarde Miguel, el fiscal y el teniente llegaban a la morgue.

Miguel sintió como los latidos de su corazón aumentaban considerablemente, el fiscal notando su nerviosismo preguntó:—¿Te sientes bien?

—Sí, no te preocupes.

Entraron, al estar frente al cadáver, el forense removió la blanca sábana que cubría el rostro de la víctima.—Es ella —dijo en voz baja Miguel, al verla.

Un silencio sepulcral invadió el lugar, su rostro palideció, su respiración se agitó, con dificultad se repuso y repitió.

—Es ella, Linda MacArthur, la esposa de mi hermano —afirmó Miguel, bastante consternado se sentó en una silla a tres metros de la camilla del cadáver, recargó su rostro sobre las manos, no sabía que pensar.

—¿Qué tenemos doctor? —el teniente interrumpió aquel silencio.

El forense recorrió la sábana hasta la cadera, dejando al descubierto el pecho y abdomen.

—La muerte fue causada por heridas punzo cortantes con arma blanca, al parecer una navaja o un cuchillo de diez pulgadas de largo por cuatro de ancho —expuso mostrando las heridas en la región abdominal y costado izquierdo, enseguida tomó la mano izquierda de la víctima, y mostrando la parte inferior de las uñas continuó —también se encontraron partículas de carne y piel con sangre en sus uñas.

Al escuchar esto, Miguel se incorporó rápidamente.

—No fue él, no fue mi hermano —el teniente intervino.

—La piel con sangre en las uñas, nos indica que la víctima se defendió arañando a su agresor.

—Puede ser, ya que el hecho de que se hayan encontrado partículas de carne nos indica la profundidad que alcanzaron sus uñas, lo cual representa una alta posibilidad de dejar cicatrices marcadas —opinó el forense.

—Arturo no tenía rasguños —aseveró Miguel.

—Tienes razón —confirmó el fiscal desahogando las sospechas que pesaban sobre Arturo, agregando: —Teniente hágase cargo de las investigaciones y avísele a los padres de la víctima que tienen que venir a identificarla.

—Sí señor.

Miguel se acercó a su amigo.

—¿Me permites un momento?

—Por supuesto.

Ambos salieron del cuarto y estuvieron hablando en privado, después de un momento, entraron, y el fiscal se dirigió al teniente.

—Teniente, hágame un favor, cuando les notifique a los padres sólo dígales que se está investigando —el teniente asintió con la cabeza.

—Doctor solamente muéstreles el rostro para que la identifiquen.

—De hecho es lo que se hace.

—Quiero estar seguro.

—No se preocupe fiscal —concluyó el forense. El fiscal, el teniente y Miguel salieron de la morgue.

—¿Estás seguro que no quieres ir? —preguntó el fiscal a Miguel.

—Sí, si no hay problema, me quedó en el hospital, aquí tiene la dirección de sus padres —dijo Miguel.

—Teniente téngame informado del caso por favor —pidió el fiscal.

—Claro que sí señor.

Llegaron al hospital, Miguel y el fiscal se bajaron del auto, el teniente se marchó.

—Te lo agradezco mucho —dijo Miguel.

—No te preocupes, todo se aclarará, espero que Arturo se recupere pronto y nos pueda decir qué fue lo que sucedió —expuso el fiscal mientras que Miguel solamente bajo la cabeza pensativo.

—Nos vemos luego —se despidió el fiscal.

Momentos más tarde, en casa de la familia MacArthur el teniente siendo el portador de aquella trágica noticia, descendió de su auto a paso semilento como si no quisiera llegar tomando un aire profundo, presionó el timbre colocado en el marco de la puerta, la madre de Linda atendió.

—¿En qué le puedo ayudar?

El Crimen de Linda MacArthur

—Es aquí la casa de la familia MacArthur.

—Así es —respondió la señora. —Soy el teniente López de la policía de los Ángeles —el oficial se identificó.

El señor MacArthur se acercó y miró la identificación.

—¿Pasa algo malo teniente?

—Me temo que sí, al parecer se trata de Linda MacArthur, es necesario que me acompañen a la morgue a identificarla.

—¿A la morgue?

El matrimonio MacArthur se negaba a creer lo que estaban escuchando.

—Lo lamento —dijo con certeza el teniente, su seguridad provocó el llanto de la señora MacArthur.

—No puede ser, mi hija, no por Dios, no puede ser, nooo. Debe de haber algún error —expresaba angustiada la madre de Linda. Su esposo la abrazó tratando de consolarla, aunque a él se le desgarraba el corazón, con la voz entrecortada preguntó.

—¿Qué, qué fue lo que sucedió oficial?

—Aún no lo sabemos, se está investigando.

—¿Y el esposo de mi hija?

—Inconsciente en el hospital central, sufrió un accidente automovilístico.

El teniente López no entró en detalles, dijo una verdad a medias en su comentario del accidente, dejó creer la posibilidad del deceso de Linda, después de todo aún no tenía otra respuesta, con esto evitaba los cuestionamientos de lo sucedido, así como la responsabilidad de Arturo, asumiendo la recomendación del fiscal.

La señora seguía inconsolable en brazos de su esposo, en esos momentos Bartolo bajó las escaleras.

—¿Pasa algo malo abuela?

Ella no contestó, el abuelo le pidió que subiera a la recámara, pero Bartolo, al ver llorando a sus abuelos, supo que algo andaba mal, e insistió.

—¿Dónde están mis papás, abuelo? ¿Por qué no han llegado?

Él con lágrimas en los ojos no supo que contestar, y dirigiéndose al teniente dijo:—Yo iré, tú ve con los muchachos mujer.

El teniente y el señor MacArthur abordaron el vehículo y se marcharon, en el trayecto no hubo comentario alguno.

Al llegar a la morgue una gran angustia invadió su corazón, el teniente le abrió la puerta, el señor MacArthur agradeció el gesto.

Ambos entraron y el forense al ver al teniente dijo:—Pasen por aquí, por favor —les pidió guiándolos al área donde se encontraban los cuerpos de las personas que habían perdido la vida de una forma violenta, el funesto olor del formol era inevitable, al cual el forense ya estaba acostumbrado.

Frente al cadáver, el forense le descubrió el rostro.

En ese momento el señor MacArthur, sintió que su corazón se partía en mil pedazos cual frágil copa de cristal estrellándose en el piso, enseguida rompió en llanto abrazando el inerte cuerpo, con el corazón herido y suplicante pidió.

—Hija no, Dios mío ayúdame, no voy a poder soportar esto.

La reacción del señor MacArthur les dejó muy en claro que se trataba de su hija, tanto el teniente como el forense guardaron absoluto silencio.

El señor MacArthur se incorporó, limpiándose las lágrimas con voz entrecortada afirmó:—Es mi hija, mi hija Linda.

El forense comunicó: —Lo sentimos mucho señor, enseguida se realizará el papeleo correspondiente para hacerle entrega del cuerpo.

El señor MacArthur permanecía parado viendo el rostro de su hija, recordando todos y cada uno de los momentos cuando niña, recordaba desde su nacimiento, los primeros llantos, su bautizo, sus primeros pasos y su primer sonrisa, sus primeras palabras, su primera comunión, su adolescencia, sus quince años, la graduación del colegio, cuando la entregó en el altar en su boda con Arturo, el nacimiento de sus nietos...que al recordarlos, le vino un rayo de luz a sus sentidos que reanimó su corazón, se acercó al rostro de su hija y le dijo en voz baja como si lo escuchara:

—No perturbes tu alma, ellos no quedarán a la deriva, tu madre y yo los cuidaremos bien, descansa en paz —le dio un beso en la frente y la cubrió con la blanca sábana, luego se dirigió al forense.

—Mañana temprano le será entregado su cuerpo —le dijo el forense. El señor MacArthur con el dolor reflejado en su rostro, sólo asintió con la cabeza y salió acompañado del teniente, quien lo llevó de regreso a casa, en el trayecto el teniente con voz suave y sincera comentó.

—Lamento mucho su pérdida señor MacArthur, y espero en Dios una pronta resignación que traiga confortamiento a su corazón.

—Gracias, veo que es usted un hombre de Fe, a pesar de su trabajo, teniente, puedo preguntarle ¿por qué alguien de homicidios nos dio la noticia? —ante la pregunta, el teniente respiró profundo, y su rostro se mostró sorprendido y reaccionó.

—El fiscal... me lo pidió por su amigo, el licenciado Hernández.

—Tiene usted razón, el hermano de Arturo.

—Así es, aunque no recuerdo haberle dicho mi departamento —el señor MacArthur eludió y refirió.

—Sí, Miguel es una buena persona y un gran abogado por cierto, de cualquier manera ya nada me devolverá a mi hija.

—Tiene que ser fuerte señor, sus nietos quedarán bajo su custodia en tanto no se recupere el señor Hernández.

—Se lo agradezco, y como usted bien lo dijo, Dios nos dará esa fuerza para bien de mis nietos —expuso el señor MacArthur al momento que abría la puerta para bajarse.

—Gracias por todo teniente.

—No hay de qué.

El teniente se quedó mirando al Señor MacArthur hasta que llegó a la puerta de su casa, donde impaciente lo recibió su esposa, el señor MacArthur le confirmó la desgracia, con el llanto inconsolable se abrazaron compartiendo aquel intenso dolor, el teniente se retiró.

Al llegar a la oficina, el teniente colgó el saco en un perchero y se sentó pensativo, en esos momentos tocaron la puerta.

—Adelante.

Era un agente de su departamento.

—Teniente, algunos resultados del laboratorio, indican que tanto en la ropa como en las manos del señor Arturo Hernández, se encontró sangre de la víctima —el teniente lo escuchó atento y comentó.

—Lo sé, era su esposa —el oficial se sorprendió.

—¿Cómo?

—Sí, la víctima es Linda MacArthur, ya fue identificada por su padre.

—¿Y usted qué opina?, teniente.

La charla del teniente fue interrumpida por una llamada del fiscal.

—A sus órdenes señor.

—Teniente, ¿alguna novedad en las investigaciones?

—Ninguna señor, estamos tratando de establecer el porqué Arturo tenía huellas de sangre de la víctima, también las marcas de las llantas del auto en el lugar, corresponden al del señor Hernández.

—¿Es todo lo que tenemos de él?

—Así es señor, su declaración despejará muchas dudas, pero aún sigue inconsciente.

—¿Cree que tuvo participación en el homicidio?

—Mi opinión sería mera conjetura, ya que no se encontró ninguna pertenencia de ella, ni la navaja con la que fue atacada.

—Yo creo en la inocencia de ese hombre teniente, documenté lo que tiene hasta el momento, y mañana temprano a las ocho nos vemos en la oficina del juez, el abogado Hernández está solicitando que se le retire la custodia a Arturo —contestó el fiscal, concluyendo la conversación.

A la mañana siguiente, en su oficina el juez, un hombre que rebasaba los setenta años con bigote y cabello blanco con un estómago pronunciado, esperaba a los convocados, siendo las ocho de la mañana en punto se presentaron el licenciado Miguel Hernández, el fiscal de distrito, el director de policía y el teniente López. Todos saludaron de una manera respetuosa, el juez les pidió que tomaran asiento, Miguel fue el primero en tomar la palabra.

El Crimen de Linda MacArthur

—Buenos días señores —saludó el licenciado, mientras que colocaba su portafolio color negro sobre la mesa, enseguida lo abrió y sacó unos documentos que puso a la vista de todos, con un temple natural y seguro de la certeza de sus palabras, sin ningún circunloquio abordo el tema.

—Dadas las circunstancias que nos ocupan en el caso del asesinato de la señora Linda MacArthur, hemos de estar de acuerdo, que no se descartan las sospechas que pesan sobre el señor Arturo Hernández, sin embargo, no existen pruebas suficientes para mantenerlo bajo custodia.

Todos escucharon con atención, entonces el juez preguntó: —¿Tienen algo al respecto? —señor director.

El director con una seña dio lugar al teniente, quien expuso.

—En la escena del crimen se localizó el teléfono celular del señor Arturo Hernández, quien tenía sangre de la víctima, así como las huellas de las llantas de su vehículo encontradas en el lugar de los hechos.

El fiscal intervino.

—La señora MacArthur fue asesinada a cuchilladas, y no se encontró el arma homicida, ni sus pertenencias, además tenía sangre y partículas de piel en sus uñas, que no correspondían al señor Hernández.

El juez entrelazando sus manos, tomó la palabra.

—Las sospechas son aceptadas, sin embargo las evidencias hasta este momento, no son suficientes para considerar que el señor Hernández sea responsable del homicidio, o que haya tenido alguna participación en éste, por lo tanto y dando cumplimiento a la ley que rige nuestro Estado, respetando los derechos del ciudadano Arturo Hernández se levantará la custodia que se tiene en su persona, el caso está abierto para su investigación, en cuanto esté en condiciones de dar una declaración, esta será tomada de inmediato por quien esté a cargo del caso, su testimonio será anexado al expediente, si existe alguna objeción a lo mencionado pueden tomar la palabra.

Se mantuvo un silencio absoluto, nadie opinó.

—Muy bien, la custodia le será retirada inmediatamente, licenciado enseguida le será entregado el escrito correspondiente, tenga informado al fiscal sobre la recuperación del señor Hernández, que esperamos que así sea, considero de vital importancia lo que tenga que decir en este asunto.

—Así será su señoría —contestó Miguel.

Con esto se daba por terminada la reunión. Momentos más tarde Miguel llegó al hospital, caminaba entre la gente, sumido en sus pensamientos recorrió los pasillos hasta llegar al área de terapia intensiva, se presentó ante los policías que resguardaban a Arturo y de su portafolio sacó un documento que les entregó enseguida. Después de que lo leyeron, sin mostrar ninguna objeción dieron aviso al teniente López, luego de su aprobación, el oficial Maculen entró a la sala y dejó el periódico en el buró, y se retiraron.

Miguel entró a la habitación, era sombría con poca iluminación y unas ventanas herméticas que no permitían la entrada de aire fresco, sólo la ventilación artificial que hacia circular aquel característico aroma de hospital provocado por los artículos de limpieza que se usan para esterilizar; con la angustia dibujada en su rostro, miró a su hermano que permanecía inconsciente, no mostraba ninguna reacción, se sentó en un sillón a un lado de la cama, con la fe en alto lo encomendó a Dios. El fiscal llegó.

—¿Alguna reacción?

—Ninguna —contestó con tristeza Miguel.

—Hoy es el funeral de Linda —dijo el fiscal mirando el reloj, luego continuó.

—A esta hora ya deben de estar saliendo de la iglesia.

Miguel se levantó y pidió a su amigo.

—¿Me acompañas?

—Claro.

Salieron del hospital y se dirigieron al panteón, unas cuadras antes de llegar se unieron al cortejo fúnebre conformado por familiares, amigos, alumnos, directores y maestros compañeros de la universidad de California en Los Ángeles (UCLA) donde Linda y Arturo laboraban como catedráticos.

La carroza se enfiló a su destino, el sepulturero ya esperaba en el lugar, un gran número de vehículos que se estacionaban cerca de donde se detuvo la carroza, las puertas se abrieron y cuatro tipos vestidos de negro descendieron de ésta. Eran los empleados de la funeraria que con un silencio sepulcral abrieron la portezuela trasera, dos de ellos jalaron el pesado ataúd metálico color oro apagado, los otros dos lo agarraron de las laterales posteriores, con cara dura y fría como de muertos, más muertos que los que descansaban bajo tierra en ese campo santo, poco a poco y con cierta dificultad cargaron el ataúd hasta su última morada, lo colocaron cuidadosamente en una base de aluminio justo en la fosa donde habría de ser enterrado, enseguida las palabras del sacerdote buscaban confortar un poco los dolidos corazones, refiriéndose a Linda como una buena cristiana de la cual sólo sepultarían su cuerpo, pues su alma ya se encontraba en los verdes prados del paraíso, citando algunos pasajes bíblicos del nuevo testamento rezando por el eterno descanso de su alma.

Miguel observó a sus sobrinos, estaban vestidos con traje negro un viento solano movía sus cabellos, las hojas secas volcaban sobre el verde pasto, sus ojos llenos de lágrimas no dejaban de mirar aquel féretro que ya bajaba al fondo de la tumba, el sepulturero utilizando una pala, empezó a echar la tierra que poco a poco fue cubriendo hasta llegar al ras de la superficie, arreglos florales, una gran corona y una cruz le fueron colocados a la cabeza de la tumba, los presentes se fueron retirando, no así el joven Bartolo que permaneció parado sin dejar de mirarla, su abuelo lo tomó del hombro y con voz suave le dijo:

—Hijo es hora de irnos, mamá ya descansa junto a Dios.

Bartolo no dijo nada, su abuelo continuó.

—Ella está feliz en el cielo, desde donde cuidará de nosotros.

Bartolo levantó su mirada y un hermoso resplandor tras las nubes brilló con una intensidad muy especial iluminando su rostro, enseguida un suave viento junto a las nubes y sin previo aviso, comenzó a llover con fuerza, los asistentes se dispersaron apresurados para llegar a sus vehículos, él dándole la mano a su abuelo, se apartó lentamente de la tumba y se dirigieron al auto, ahí estaba su tío Miguel quien lo abrazó con cariño diciéndole:—Todo va a estar bien, tu papá se va a recuperar muy pronto.

Bartolo no pudo contener el llanto y fue a los brazos de su abuelo, quien se dirigió a Miguel.

—Estarán con nosotros.

—Sí, por supuesto, sé que estarán bien.

—Sería tan amable de tenernos informados de la salud de Arturo.

—Claro.

—Iremos a su casa por algunas cosas para los muchachos —concluyó el señor MacArthur.

Miguel y el fiscal los miraban mientras se marchaban, una vez que se habían ido, Miguel se arrodilló ante la tumba y tomando un puño de tierra, dijo en voz baja apagada por el ruido del fuerte estruendo de un rayo presagiando la cacería del asesino.

—Juro por la vida de mi hermano, que esto no quedara impune.

Sus palabras denotaban la confianza que tenía en la inocencia de Arturo, y la convicción de dar con el responsable, limpiándose las lágrimas confundidas con la lluvia, se incorporó para retirarse del lugar que en unos instantes quedo solitario, la lluvia caía suavemente encima de las flores y de las coronas colocadas sobre la tumba.

Horas más tarde los padres de Linda así como Bartolo y Daniel llegaban a la casa, la señora miraba cada rincón recordando a su hija, el señor MacArthur tratando de aminorar el dolor se dirigió a sus nietos.

—Tomen sus cosas y llévenlas al auto.

Daniel no pudo contener el llanto al ver la recámara de su madre y algunas de sus prendas, la abuela lo abrazó para consolarlo.

—Está bien hijo, todo va a estar bien.

Daniel sin parar de llorar se abrazó de ella, en tanto que Bartolo en completo silencio empacaba su ropa en una maleta, visiblemente angustiado salió y la puso en la cajuela, luego se subió al auto, sus abuelos ya cerraban la puerta de la casa, enseguida se marcharon.

—Abuelo, ¿podemos ver a mi papá? —pidió Daniel.

—Claro que sí hijo —contestó el abuelo y se dirigieron al hospital.

Al llegar a la sala de terapia intensiva, se les permitió la entrada por un tiempo breve. Daniel vio a su padre conectado al oxígeno, aún sin recobrar el conocimiento, a un lado de él, se encontraba su tío Miguel quien cuidaba de Arturo el mayor tiempo posible, de inmediato se levantó del sillón para recibirlos. Bartolo lo abrazó enseguida, y Daniel fue con su padre, lo miró por unos instantes luego sin poder contener las lágrimas, lo abrazó. Bartolo fue a él, puso su brazo sobre los hombros de su hermano mientras en silencio miraba fijamente a su padre.

—Vamos hijos, su abuela está sola en el auto, otro día venimos a ver a su padre, su tío nos mantendrá informados.

—Por supuesto —respondió Miguel.

El señor MacArthur y sus nietos salieron de la sala, Miguel se sentó de nuevo en el sillón a un lado de la cama en espera de alguna reacción por parte de Arturo, quien en su inconsciencia guardaba importantes respuestas sobre el crimen de su esposa.

CAPÍTULO DOS

Mientras tanto el teniente López persistiendo en la investigación, se trasladó al corralón de policía donde se encontraba el vehículo de Arturo, abrió una de las puertas traseras ya que las de enfrente se encontraban trabadas con la lámina doblada por el choque; el teniente revisaba su interior con mucho cuidado, se percató de un exquisito aroma en el asiento del copiloto, era la esencia de una fina fragancia de mujer, también encontró un par de largos cabellos en el respaldo del asiento, eran del mismo color del cabello de Linda.

El teniente asumió que el aroma del perfume correspondía a Linda, y que ella estuvo en el vehículo antes de ser asesinada, por el momento descartaba la posibilidad de que fuera victimada en otro lugar y dejada donde se encontró, al menos no en el vehículo de Arturo, el cual tenía huellas de sangre en el volante, lo cual le confirmaba que Arturo tuvo contacto con el cadáver, quizá esto explicaba la presencia de su teléfono celular junto a Linda, quizás después manejo el vehículo.

El teniente López consideraba que sus investigaciones iban por buen camino, relacionaba las circunstancias con el tiempo de muerte, de modo que centró su atención en los lugares aledaños a donde fue encontrado el cadáver, no había testigos para saber sobre una posible participación de otra persona, la sangre y los tejidos encontrados en las uñas de la víctima, no correspondían a Arturo, pero para el teniente esto no establecía que fueran de su asesino, existía la posibilidad de una pelea previa, quizá con otra mujer, recordando la nota del periódico sobre un crimen pasional, situación que en un inicio le pareció inadecuada, sin embargo el teniente y sus agentes tenían muchas dudas y no podían descartar ninguna posibilidad, mientras que el fiscal confiaba en la inocencia de Arturo y tenía especial interés en que se esclareciera el caso, mejor aún si se encontraba al culpable antes de la recuperación de Arturo.

CAPÍTULO TRES

Cierta noche, Miguel se encontraba sentado en el sillón al lado de la cama donde yacía Arturo, cuidando de él como lo había hecho desde el día del accidente, aún el sueño no llegaba a sus párpados y revisaba cuidadosamente el expediente haciendo apuntes sobre detalles que le parecían sobresalientes, concentrado en lo que hacía, no se percató del primer movimiento de los dedos de la mano derecha de Arturo; sin embargo la pantalla del aparato que le mostraba como la frecuencia cardíaca aumentaba, emitiendo un sonido muy particular.

Miguel despegó la vista del expediente, y vio el monitor, luego los movimientos de la mano de su hermano con mayor frecuencia, Miguel enderezó la postura en que se encontraba sentado cómodamente, dejó el expediente sobre el buró encima del periódico, se levantó y le tomó la mano. Arturo correspondió haciéndose a ésta, poco a poco fue abriendo los ojos, vio a su hermano frente a él, Miguel sonrió y no pudo contener las lágrimas de la alegría.

—Arturo, bendito sea Dios —dijo Miguel.

Arturo lentamente, aturdido por el letargo de su inconciencia fue haciendo movimientos coherentes hasta recuperar por completo el conocimiento, al instante sintió la mascarilla de oxígeno en su cara, enseguida la removió apartándola de su boca y con voz pesada preguntó.

—¿Dónde estoy? ¿Qué fue lo que pasó? —preguntaba mientras miraba sorprendido el frasco de suero conectado a su brazo derecho.

Miguel guardó silencio por unos instantes y enseguida contestó.

—Tuviste un accidente en el auto.

Arturo angustiado y sorprendido por la respuesta parecía que los ojos se le saldrían de las orbitas, preguntó:—¿Y mi familia? ¿Linda? ¿Mis hijos?

—¿No recuerdas nada?

—¿Dónde están hermano? —insistió Arturo.

Miguel comprendió que no recordaba lo que había sucedido.

—Tus hijos están bien, están con tus suegros.

Luego Miguel hizo una larga pausa, su rostro se tornó serio y angustiado, Arturo insistió.

—¿Y Linda?

Miguel mantuvo el silencio, apretaba los labios resistiéndose a contestar, Arturo insistió.

—¿Dónde está Linda? Hermano.

Los ojos de Miguel llenos de lágrimas advertían la trágica respuesta.

—Ella falleció.

La noticia estremeció con fuerte dolor el corazón de Arturo, a quien la ira de impotencia y confusión lo hizo tener una reacción descontrolada.

—No es cierto, dime que no es cierto, no puede ser, dónde está quiero verla —gritaba, arrancando la manguerilla del suero, tratando de levantarse, con sus movimientos presionó el botón de llamado que estaba a un lado de la almohada, Miguel lo sujetó con fuerza.

—Tranquilo hermano, tranquilo.

La enfermera llegó enseguida.

—Ya reaccionó —dijo al momento que preparaba una inyección que le aplicó de inmediato, era un calmante que pronto estabilizó a Arturo quien con lágrimas en los ojos se mostraba más tranquilo.

El médico de guardia llegó a revisarlo.

—Muy bien, parece que el peligro ya pasó, enseguida lo van a trasladar a una habitación de recuperación, en unos momentos el sueño aparecerá debido al calmante que se le aplicó, su hermano va a dormir profundamente, no se preocupe, mañana estará mucho mejor —dijo el doctor apartando a Miguel de su hermano.

Enseguida ordenó su traslado, dos enfermeros, lo colocaron en una camilla luego recorrieron un pequeño pasillo y llegaron a la habitación de un privado donde le conectaron de nuevo el suero, luego se retiraron. Arturo poco a poco fue cayendo en profundo sueño.

Miguel parado junto a la cama tomó su teléfono celular y llamó al fiscal para comunicarle la recuperación de su hermano, en esos momentos regresó uno de los enfermeros.

—Olvidó esto señor —dijo mostrando el periódico y el expediente.

Miguel ocupado en la llamada, le hizo una seña de que lo dejara sobre el buró, el enfermero acató y se retiró, Miguel continuó en el teléfono, después de unos momentos terminó la llamada y movió de lugar un sillón reclinable que se encontraba en uno de los rincones hasta ponerlo a un lado de la cama, contento por la reacción de su hermano, dibujo una sonrisa en sus labios que luego apagó, pues sabía del dolor que su hermano enfrentaría.

Al día siguiente por la mañana, cuando Miguel despertó, Arturo estaba despierto en absoluto silencio con lágrimas en sus ojos, Miguel saludó y abandonó el sillón, luego recorrió las cortinas para que entrara la luz del sol, la habitación se alegró con aquellos rayos de primavera, en esos momentos llegó el teniente López.

—Buenos días —saludo.

Arturo lo miró en silencio, Miguel respondió.

—Buenos días.

Arturo observaba con indiferencia, a él se dirigió el teniente mostrándole su identificación.

—Soy el teniente López del departamento de homicidios, y necesito hacerle algunas preguntas.

Arturo continuaba en absoluto silencio, Miguel asintió.

—Adelante teniente.

—Señor Hernández, ¿me puede contar que fue lo que pasó la noche del trece de abril?

Arturo no podía ocultar su profunda tristeza, hubo un absoluto silencio por un espacio prolongado, y aunque sus facciones indicaban una respuesta, contestó.

—Me gustaría poder decirle que fue lo qué pasó, pero no lo recuerdo.

—¿Sabe algo respecto a su esposa?

—Únicamente lo que me dijo mi hermano.

El teniente volteó a ver a Miguel quien le entregó un sobre, era la copia de los reportes médicos, entre otras cosas, Arturo presentaba traumatismo craneoencefálico con posibles secuelas como la pérdida de su memoria. El teniente comprendió y no insistió en las preguntas.

—Lo siento mucho señor Hernández, aquí tiene mi tarjeta, por si recuerda algo, llámeme por favor, créame sería muy importante, con su permiso.

Al salir de la habitación, llegó el médico tratante, dirigiéndose a Miguel, le preguntó.

—¿Usted es su hermano?

—Así es doctor.

—Muy bien, a pesar de las lesiones que sufrió, ha respondido favorablemente, aunque queda la posibilidad de algún tipo de trastorno cerebral, ya se encuentra fuera de peligro, mañana se le hará una valoración.

—Gracias doctor.

El doctor se retiró, Miguel se acercó a su hermano.

—Vas a estar bien, siempre has sido muy fuerte —le decía tratando de darle ánimo.

Sin embargo Arturo guardaba un silencio sepulcral, a ningún comentario mostro ni tan siquiera un gesto por responder, pasó todo el día sin comer con normalidad, apenas probaba el bocado necesario para no desmayar, acompañado de tan sólo un poco de agua para refrescar sus secos labios, por la noche no podía dormir. Miguel le empezó a platicar anécdotas de la infancia, ante esto Arturo respondió con una sonrisa y entró en la conversación, parecía estar bien ubicado en el tiempo.

Miguel siendo muy cauteloso con sus palabras trataba de llegar a un punto, el de saber qué fue lo que pasó esa noche del trece de abril, pero Arturo se quedaba serio y con habilidad persuasiva retomaba la plática sobre su niñez, se sentía cómodo hablando de eso, hasta que ya entrada la madrugada el sueño los venció. Al día siguiente llegaron dos camilleros auxiliares de enfermería y lo llevaron a un área de revisión donde le tomaron algunos estudios entre ellos una tomografía en la cabeza que era el daño principal que presentaba por el accidente, el médico lo analizó y en su rostro, seguido de una positiva expresión comentó:—Muy Bien, la valoración fue satisfactoria —enseguida escribió el alta correspondiente —ya pueden llevarlo a su habitación.

El doctor salió con los estudios en su mano y se dirigió a Miguel que impaciente esperaba el resultado.

—Muy bien, todo salió muy bien, la inflamación cerebral ha disminuido casi en su totalidad, siguiendo la prescripción de sus medicamentos, en unos meses ya debe de estar completamente normal, por el momento va a necesitar reposo relativo y mantenerse en un ambiente relajado, respecto a su lesión de la columna no es de gravedad pero va a necesitar el apoyo de un bastón, tendrá que acudir a terapias físicas periódicamente —recomendó el doctor y se retiró.

Arturo con un semblante serio, levantó la sábana y vio que estaba literalmente desnudo, pues la delgada bata de hospital dejaba al descubierto toda su parte trasera.

—No te preocupes hermano regreso en un momento —dijo Miguel y salió de la habitación.

Arturo, solo en aquellas cuatro paredes, respiraba profundo parecía ausente en sí mismo, debido a la posición que mantuvo durante su recuperación, se sentía adolorido del cuerpo y movió el cuello hacia los lados al girar a su derecha vio debajo de una lámpara, el periódico de fechas atrasadas sobre el buró, lo levantó y lo agarró, se sentó en la camilla, al ver la fotografía de la portada se puso pálido como un fiambre, enseguida le dieron náuseas y muchas ganas de vomitar, de prisa y sin soltar el periódico fue al baño, los ruidos se podían oír hasta el pasillo.

Se asumía que su estómago estaba expulsando hasta el último vestigio de alimento, luego un poco más recuperado, abrió la llave del lavamanos y se enjuagó la boca, se echó bastante agua en la cara y su color volvió.

En esos momentos llegó Miguel con una muda de ropa nueva, y al no verlo en su cama gritó.

—Hermano.

La respuesta vino del baño.

—Aquí estoy, no te preocupes, no pensarás que me iba a salir desnudo verdad.

Miguel sonrió, la respuesta de Arturo le indicaba un buen estado de ánimo.

—Traje ropa, espero y sea de tu medida.

—Con que me cubra está bien, pásamela —pidió Arturo y sacó una mano por la puerta entreabierta, Miguel le dio una bolsa de plástico, era ropa interior y un pantalón de pana color café claro, una camisa de franela a cuadros rojos y negros.

Arturo se la puso, bajo la camisa guardó el periódico, luego salió del baño dejando sobre la camilla de la habitación la bata que usó en su convalecencia, acompañado de su hermano y apoyándose en un bastón, recorrieron los largos pasillos, bajaron dos pisos por el elevador y salieron del hospital.

—Llévame a casa —pidió Arturo.

Miguel le abrió la puerta del vehículo y se marcharon, en el camino Arturo visiblemente triste no pronunció ninguna palabra, se mantenía muy pensativo. Miguel comprendía perfectamente pues sabía la soledad que esperaba a su hermano y no interrumpió aquel silencio, al llegar a la casa,

Miguel recibió una llamada en su teléfono celular, era de su despacho.

—Bueno —contestó.

—Licenciado, le hablo para recordarle la cita que tiene en la corte —comunicó su secretaria.

—Tienes razón, es en media hora —contestó Miguel.

Arturo seguía ausente en sus pensamientos, permaneció callado por un instante luego dijo: —Aquí está bien hermano.

—¿Seguro que estarás bien?

—Sí, no te preocupes.

Arturo bajó del vehículo apoyándose en el bastón, camino con inseguro paso y se detuvo frente a su casa, un vecino se acercó a darle su más sentido pésame por la pérdida de su esposa, mientras que algunos otros lo veían con desconfianza culpándolo con la mirada. Arturo abrió la puerta y lentamente fue recorriendo su interior, observaba cada rincón recordando a su esposa, se sentía triste y desolado, sus ojos humedecieron. Nitro sintió la llegada de su dueño, y se manifestó con unos pequeños chillidos rasguñando el vidrio de la puerta del patio, Arturo lo miró.

—Pobre de ti —dijo y salió.

Abrió la bolsa de alimento y le sirvió una buena ración, luego le arrimó la cacerola con agua limpia, el perro sollozaba casi en silencio, sentía la angustia de su amo que le pasaba la mano por la cabeza.

Arturo entró a la casa, cerró la puerta y se sentó en el sillón de la sala con sus manos apoyadas en el bastón, frente a él vio la cámara fotográfica sobre el marco de la chimenea, con dificultad se puso de pie y fue por ella, se dirigió a su habitación, la conectó a la computadora y con nostalgia miraba cada una de las fotografías, hasta llegar a la última imagen que lo perturbó demasiado, repetía la misma imagen una y otra vez, era la fotografía familiar que había capturado antes de salir aquella tarde del trece de abril, sin poder evitarlo, las lágrimas rodaron por sus mejillas, imprimió la fotografía y recortó con cuidado el papel en blanco.

Luego la colocó en un portarretrato que puso sobre el buró a un lado de su cama, con pulso vacilante sacó de entre sus ropas el periódico, miró por un instante la ilustración del encabezado y lo guardó en el cajón, abrió un frasco he ingirió una pastilla, despacio y sin ánimo en su alma se recostó pensativo, el efecto de la píldora lo hizo caer en profundo sueño, pronto unas destellantes y feas imágenes pasaban por su mente, su frente sudaba copiosamente, más la pesadilla fue interrumpida por la voz de su hijo Daniel, quien lo movía de los hombros para despertarlo, en el momento que Arturo repetía.

—No. No puede ser.

—Papá, papá.

Arturo con el corazón bastante agitado despertó incorporándose repentinamente.

—¿Eh, qué pasa? —dijo viendo frente a él a Daniel y a Bartolo, atrás de ellos estaba el señor MacArthur, quien comentó.

—Nos da mucho gusto que estés de nuevo en casa, tu hermano nos avisó.

Arturo no encontró palabras para contestar, mientras que Bartolo no dejaba de mirar la foto familiar sobre el buró, el abuelo al darse cuenta, les pidió que fueran al auto por sus cosas. Los adolescentes obedecieron y salieron de la habitación, el señor MacArthur se paró frente al buró, tomó en sus manos el cuadro, miró fijamente la fotografía, hizo un gran esfuerzo para contener las lágrimas, después de un instante colocó el cuadro en su lugar y comentó en tono comprensivo.

—Es una situación muy difícil, Daniel en cuanto se enteró que te habían dado de alta, insistió en regresar a casa, quería estar contigo, se ha sobrepuesto muy bien, y cuida de Bartolo a quien le ha afectado mucho.

—Se lo agradezco, los fines de semana estarán con ustedes —dijo Arturo.

—Gracias, cualquier cosa que necesites no dudes en llamar —concluyó el señor MacArthur despidiéndose.

Arturo llamó a sus hijos para que ya acomodaran las cosas en sus cuartos.

—Despídanse de sus abuelos.

—¿Nos llevarás a pasar el fin de semana con ellos papá? —preguntó Daniel mientras que Bartolo se abrazaba del abuelo.

—Así es, pasarán los fines de semana con sus abuelos —respondió Arturo.

—Jugaremos béisbol en el parque —dijo el abuelo despidiéndose, Arturo y sus jóvenes hijos lo vieron retirarse acompañado de su inseparable esposa.

—Qué les parece si salimos a comer —propuso Arturo.

—Síií —respondió Bartolo, y Daniel sonriendo, asintió con la cabeza.

—Muy bien vamos.

Fueron caminando a una pizzería cerca de la casa, Daniel por momentos observaba el vaivén del caminar de su padre, pero no preguntó ni hizo ningún comentario, su actitud demostraba su buen entendimiento y alguna buena recomendación de sus abuelos, respecto a la incapacidad de su padre, por su parte Bartolo se mostraba alegre y ausente en sí mismo al llegar a la pizzería fueron a la caja a ordenar.

—Una pizza grande por favor y tres refrescos —pidió Arturo.

—Tengo la promoción de un paquete familiar, le sale más económica.

Ofreció el muchacho, Arturo se mostró perturbado, Daniel intervino tratando de ser amable, repitió las palabras de su padre.

—Una pizza grande por favor y tres refrescos.

El muchacho se quedó serio sin comprender aquella reacción y tomó la orden.

—En diez minutos estará lista.

—Gracias —dijo Daniel sin dejar de mirarlo fijamente a los ojos con frialdad de reclamo por el malestar de su padre.

En la mesa Arturo parecía mudo, Daniel suavizó la situación hablando de un tema que él sabía gustaba a su padre, pues Arturo era un gran aficionado al béisbol.

—Ganaron los Dodgers, de hecho están en la primera posición.

Arturo comprendió la intención de su hijo y haciendo un gran esfuerzo entró en la conversación, la cual fue haciéndose cada vez más amena al grado de alcanzar algunas sanas bromas, el momento se pasó de una manera agradable y regresaron un poco tarde a casa.

—Bien hijos, mañana tienen que levantarse temprano para ir a la escuela, así que a dormir.

—Hasta mañana papá —dijeron los dos al mismo tiempo.

Al día siguiente la cocina tenía un toque alegre, con el ruido del aceite hirviendo en el sartén donde Arturo guisaba el desayuno para sus hijos, cuando llamaron a la puerta.

—Ya voy —dijo Arturo haciendo involuntarios malabares con el sartén, moviendo con dificultad su pie derecho, abrió la puerta.

—Buenos días Arturo, ¿cómo están los muchachos?

—Buenos días suegros, están bien, se están alistando para la escuela, pasen por favor.

El señor y la señora MacArthur entraron.

—Sí no te molesta, nosotros los llevamos.

—Claro que no me molesta, al contrario —contestó Arturo en el momento que sus hijos llegaban cargando sus mochilas y con mucho cariño abrazaron a sus abuelos.

—Bien, desayunen para irnos.

Los jóvenes se sentaron a la mesa donde ya estaban servidos huevos con tocino, pan tostado y jugo de naranja, Arturo invitó a sus suegros.

—Siéntense les preparará algo de desayunar.

—Eres muy amable, un café está bien, déjame ayudarte —respondió su suegra.

—No, no se preocupe ahorita vera que delicioso café les preparo.

Los señores MacArthur se sentaron a la mesa. Arturo preparó café y unos panes botaron del tostador que junto con mantequilla y un frasco de mermelada fueron puestos a la mesa. Sus suegros de buen gusto por el café, acompañaron a sus nietos a desayunar, al terminar, sus suegros le agradecieron resaltando el buen sabor del café, luego salieron para irse a la escuela.

—Nosotros los recogeremos —dijo la señora MacArthur.

—Se los agradezco mucho —contestó Arturo.

Al salir, un vehículo se estacionó atrás del carro del señor MacArthur. Era Miguel quien saludaba a sus sobrinos.

—Buenos días jovencitos.

—Buenos días tío —contestaron.

—Nos vemos en la tarde papá —se despidió Daniel, mientras que Bartolo ya se subía al auto con la abuela.

—¡Qué tengan buen día hijos!, adiós.

—¿Cómo estás? —preguntó Miguel cargando unas bolsas de papel.

—Mucho mejor —contestó Arturo.

—Pasa, te preparé algo de desayunar.

—Excelente, tengo mucha hambre, mira traje algo de mandado —dijo Miguel dejando las bolsas de papel sobre la mesa.

—Gracias.

Arturo abrió el refrigerador tomó un par de huevos, los revolvió con unos trozos de jamón, y los vació en el sartén que ya tenía caliente el aceite, después de un instante que los mantuvo a fuego lento los sirvió en un plato, Miguel de buen apetito empezó a comer.

—No sabía que cocinaras tan delicioso.

—Gracias por el cumplido, pero sólo son huevos con jamón, ¿cómo te va en el trabajo?

—Bien, no me puedo quejar.

—No ha de ser muy fácil defender a alguien, peor aún si sabes que es culpable —comentó Arturo, el comentario tenía una intención y denotaba la necesidad de saber algo, después de una pausa, preguntó.

—¿Por qué el teniente de homicidios investiga el caso? ¿No fue un accidente?

Ante las preguntas, Miguel se quedó callado, apuró el bocado y tomó un poco de jugo de galón para pasarlo por su garganta en donde ante la pregunta se le hizo un nudo. Arturo lo observó por un instante y comprendió que no le daría una respuesta, no insistió y preguntó.

—¿Tienes prisa?

A esta pregunta, Miguel respondió de inmediato.

—No, de hecho vine temprano para llevar a los muchachos a la escuela, pero sus abuelos se me adelantaron.

—Sí, los quieren mucho —contestó Arturo, luego de una pausa prolongada de un absoluto silencio.—¿Sabes dónde sepultaron a Linda?

Miguel viendo la angustia de su hermano, se limitó a contestar.

—Sí.

—¿Me puedes llevar?

—Claro.

Arturo, apoyándose en el bastón se levantó, se dirigió al jardín y le dio de comer a su perro Nitro, luego entró.

—Me doy un baño y vuelvo enseguida —dijo con añoranza.

Miguel se sentó en un sillón de la sala a esperarlo. Arturo mudó la ropa de su cuerpo y entró a la ducha, se afeitó correctamente dejando sólo el bigote debidamente alineado con la comisura de sus labios, al terminar de bañarse, tomó del armario de su recámara un fino traje color negro, que conservaba en perfectas condiciones cubierto con una bolsa de plástico, era el traje que uso el día de su boda, despojó la bolsa y lo ordenó sobre la cama luego tomó unos zapatos color negro, una vez vestido con aquella elegancia que le daba el traje, con mirada profunda hasta el corazón, observó la fotografía familiar, agarró su bastón y salió del cuarto. Fue a la sala donde lo esperaba Miguel, quien al verlo comprendió la actitud de su hermano, en su cara triste vio el contraste de la primera vez que vistió con ese traje, con gesto serio movió la cabeza en señal de afirmación, abrió la puerta y salieron de la casa.

El día era soleado y alegre sólo un par de nubes blancas paseaban en las alturas movidas por el viento. Miguel presionó la alarma y desactivó los seguros de las puertas de su auto. Arturo subió sosteniéndose con su mano izquierda del bastón. Miguel arrancó, quiso iniciar alguna conversación pero al ver ensimismado a su hermano prefirió el silencio, habían recorrido un par de millas cuando Arturo le pidió a Miguel que parara en una florería, calles más adelante. Miguel se detuvo en una altamente conocida por la calidad y frescura de sus rosas naturales. Arturo bajó del auto y compró un hermoso ramo de rosas rojas, denotaba el profundo y eterno amor que sentía por su esposa, enseguida continuaron su camino.

Al llegar al panteón, Miguel estacionó su vehículo, con la mirada ubicó el lugar y abrió la puerta. Arturo hizo lo mismo y apoyándose en su bastón, se bajó sosteniendo el ramo de rosas en su mano izquierda, caminaron por encima de las hojas secas que sus pisadas podían escucharse en aquel solitario lugar donde el aire se oía como una suave melodía de viento, llegaron ante la tumba, ahí en la cruz estaba el nombre de su esposa así como la fecha de nacimiento y el día en que falleció. Arturo visiblemente triste dijo.

—No quiero tomar tu tiempo hermano.

Miguel comprendió que quería estar solo y aunque dudaba en dejarlo, sabía que necesitaba ese espacio de desahogo.

—¿Seguro que estarás bien? —preguntó Miguel.

—Sí, no te preocupes.

—Háblame si necesitas algo.

Arturo sintió una involuntaria ironía pues no traía teléfono.

—Lo siento —dijo Miguel.

—Estaré bien, cuídate y gracias por todo.

Miguel se retiró, sólo el verde pasto y el azul cielo acompañaban a Arturo quien con lágrimas en los ojos se arrodilló ante la tumba, colocando cuidadosamente el ramo de rosas.

—No puedo soportar tu ausencia —dijo en voz baja como si su esposa lo escuchara.

Su quebrada voz denotaba aquel dolor en su corazón, no pudo contener más el llanto y las lágrimas parecían un manantial de aguas diáfanas brotando del alma desbordándose por sus ojos, absorto en el silencio de sus recuerdos pudo escuchar con toda claridad el aleteo de un ave que pasó junto a él, sintió un suave alivio a su desconsuelo y volteó su vista, era una hermosa paloma blanca que se postró en la rama del árbol más próximo a la tumba.

Arturo observaba a la paloma que con singulares movimientos de su pequeña cabeza fijaba los ojos en los suyos; percibió una extraña pero agradable sensación que lo volvió a la realidad, vio su reloj y se dio cuenta que el tiempo había transcurrido como si por un largo periodo hubiese estado en algún tipo de trance ya que no advirtió el paso de las horas, ya estaba atardeciendo, sabía que en esos momentos con toda seguridad sus hijos ya habían salido de la escuela, enseguida se incorporó, tomó su bastón, dirigió su mirada al árbol, la paloma había desaparecido, lentamente se enfiló a la salida del panteón.

Arturo caminó a una avenida principal de la zona y llegó a una parada de autobús, el camión no pasaba, la espera lo impacientó, reaccionando de una forma irracional empezó a golpear con su bastón las micas de plástico en la caseta hasta quebrarlas por completo, al ver el autobús dejó de golpear, el autobús se detuvo justo frente a él, el resoplido de los frenos de aire se escucharon y enseguida se abrió la puerta, un tipo alto de buen volumen y que a simple vista mostraba su gusto por la comida chatarra era el conductor.

Arturo subió y preguntó:—¿Adónde va?

—Al centro, ahí termino ¿adónde vas tú?

—No lo sé.

—¿No lo sabes? —interrogó el chofer.

Arturo perdido en sí mismo respondió.

—No, no lo sé.

—Como sea, ve y siéntate.

Inquirió el chofer y reanudó la marcha, haciendo sus paradas respectivas en quince minutos llegó al centro de la ciudad, estacionó el autobús y los pasajeros bajaron, menos Arturo que permaneció sentado en su lugar. El chofer lo miró por el espejo retrovisor y pesadamente se levantó, fue a donde estaba Arturo.

—Aquí termino, tienes que bajar, el mecánico no tarda en venir por el camión para llevarlo a mantenimiento.

—Ya voy —contestó Arturo. Aferrado al tubo del respaldo del asiento, sin hacer nada para levantarse.

—¿Y que esperas? —inquirió el pesado hombre que ya se estaba enfadando.

—No lo sé —repitió Arturo.

El chofer respiró profundo, sujetó a Arturo del saco y lo levantó de un jalón. Arturo sólo volteó a verlo sorprendido, no tuvo tiempo para reclamar ya que el sujeto lo aventó afuera del camión, luego le lanzó su bastón y cerró la puerta.

Arturo se incorporó, sacudió su pantalón y se acomodó el saco, levantó su bastón y se fue caminando por las calles del centro.

Mientras tanto sus hijos en casa bajo el cuidado de sus abuelos.

—No ha venido papá —dijo Daniel.

—No te preocupes hijo, de seguro se ocupó, ahorita regresa —comentó el abuelo, por su parte la abuela se dirigió a la cocina a preparar la cena. Bartolo tomó su mochila para hacer la tarea.

Ya era tarde cuando llegó Arturo, Daniel estaba viendo la televisión acompañado del abuelo quien al verlo llegar vestido con aquel elegante traje negro de inmediato despertaron los recuerdos en su mente, una fecha tan especial cuando camino por el pasillo de la iglesia con su hija del brazo para entregarla en matrimonio a Arturo, quien con una sonrisa y vistiendo ese elegante traje negro la recibió para unir sus vidas, hasta que la muerte la arrancó de su lado.

El señor MacArthur comprendiendo por lo que pasaba Arturo y reprimiendo su dolor preguntó:—¿Todo bien?

—Sí, no sé cómo agradecerles.

El señor MacArthur siendo prudente respecto a su vestimenta comentó.

—Mañana es fin de semana, si no hay inconveniente, vendremos por ellos como habíamos acordado.

—Desde luego que no hay ningún inconveniente —contestó Arturo.

—Recuerda que vamos a jugar béisbol abuelo —proclamó Bartolo.

—Claro, nos vemos mañana que descansen.

Los abuelos se despidieron.

—¿Gustan algo de cenar? —preguntó Arturo a sus hijos.

—No papá gracias, cena tú, nosotros ya cenamos —contestó Daniel sentándose en el sillón frente al televisor.

—Yo sí quiero unas palomitas para ver el juego —dijo Bartolo recargado en la mesa de centro apurándose a terminar su tarea.

—¿Quién va a jugar? —preguntó Arturo.

—Los Dodgers contra los Yanquis, ya no tarda en empezar —contestó Daniel.

—Extraordinario, significa que vamos a ver un gran partido pues los dos tienen un excelente staff de picheo, me prepararé un emparedado para ver el juego con ustedes.

Arturo, contento impulsado por su buen apetito, fue a la cocina, abrió la puerta del refrigerador, saco algunas rebanadas de jamón, una lechuga, un tomate, y un frasco de mayonesa, luego abrió la puerta de su alacena, se escuchó lentamente el rechinar de las bisagras, sacó una bolsa de pan rebanado, un paquete de palomitas de maíz que colocó sobre la barra, luego abrió la llave del lavatrastos para lavar el rojo y redondo tomate que colocó en una tabla de picar, enseguida abrió un cajón y sacó un filoso cuchillo de cocina, se notaba tranquilo, mientras rebanaba el tomate, una noticia en la televisión llamó su atención.

La policía aún sigue investigando el asesinato de la mujer, después de algunos meses el vocero de la corporación asegura tener pistas para dar con el asesino.

La noticia golpeó con violencia en el corazón de Arturo, su apetito, su hambre y su tranquilidad desaparecieron por completo, su rostro se tornó en coraje, con su mano derecha apretó fuertemente el cuchillo, mientras que el movimiento de su mano izquierda arrojó el frasco de mayonesa al vacío y se estrelló contra el piso, Arturo visiblemente perturbado gritó:—Bartolo apaga la televisión.

Nitro empezó a ladrar.

—Tú cállate maldito —gritó a su perro arrojándole el sándwich con violencia, cerró la puerta.

—Papá, qué te pasa —replicó Daniel —dije que apagarán la televisión.

—Pero si ya va a empezar el juego.

—Dije que apaguen la televisión y váyanse a dormir —ordenó Arturo y aventó el cuchillo al lavatrastos para tomar su bastón.

Los hijos sólo miraban un tanto sorprendidos la actitud de su padre, se fueron a su respectiva recámara. Arturo apagó la televisión, la luz de la cocina, luego la de la sala, y olvidándose por completo del juego de béisbol, se retiró a su recámara, se sentó en la cama y tomó el cuadro con la fotografía familiar que tenía en su buró, se veía muy consternado, su mirada estaba fija en el rostro de su esposa, no se dio cuenta que Bartolo, parado en la puerta lo observaba en silencio, después de un momento. Arturo se levantó para mudarse el fino traje de lino negro, Bartolo sin comprender lo que pasaba ante ese repentino cambio en el carácter de su padre, se retiró a su habitación, Arturo acomodó el traje y los zapatos en el armario, luego se puso una pijama, ingirió una pastilla y se acostó.

En la mañana siguiente, a temprana hora, Arturo vestido con el pantalón de pana café y la camisa de franela que le regaló su hermano, se encontraba alegre en el jardín dando un baño a su perro Nitro. Daniel y Bartolo ya estaban listos esperando a sus abuelos que no tardaron en llegar, salieron emocionados. Bartolo ajustaba la gorra a su medida ya que era de su padre.

—Los traeremos el domingo por la tarde —dijo el señor MacArthur.

—Que se diviertan —contestó Arturo en actitud ecuánime despidiéndose de sus hijos.

El señor MacArthur en el carro se marchó momentos más tarde llegaban a un parque bastante grande, era aquel parque donde solía llevar a su hija Linda, la señora MacArthur dejo escapar unas lágrimas que recorrieron la rugosidad de su rostro, la etapa y la angustia adelantaban su edad, Daniel preguntó.

—¿Estás bien Abuela?

—Sí, no te preocupes, sólo fue una basurita que me entró en el ojo.

El señor MacArthur comprendió y se sintió culpable por haberlos llevado ahí.

—Lo siento, si gustas nos vamos a otro lugar.

—No, aquí está bien —contestó la señora MacArthur, tomando un aire profundo.

—Este lugar está lleno de recuerdos.

—Sí, aún la veo corriendo por el pasto —agregó el señor MacArthur, enseguida un suave viento se deslizó por su rostro, parecía la explicación en tiempo y espacio de estar en ese lugar donde entre otras diversiones estaba un campo de béisbol de las ligas juveniles cerca de ahí, se instalaron a la sombra de un gran árbol, el señor MacArthur jugaba con sus nietos.

—Así no se agarra el bate Bartolo, las manos van más abajo —les instruía el señor MacArthur mientras la abuela preparaba unos emparedados.

—Ya está lista la comida —les gritó.

Bartolo soltó el bate para irse a comer, dejando pasar la pelota que le había lanzado Daniel.

—Está bien, vamos a comer —dijo el abuelo, se sentaron en el pasto y mientras comían, el señor MacArthur observaba el juego de béisbol de los adolescentes debidamente uniformados, una sonrisa se dibujó en sus labios, divertido con su pensamiento, comentó.

—Sigan comiendo, yo voy a caminar un poco.

Se levantó y fue al campo de béisbol, se paró del lado de la primera base a observar el juego, era un buen partido, la pizarra marcaba una carrera por una en la novena entrada.

—¡No se vayan tan empatados! —gritó un aficionado en las gradas.

El señor MacArthur ponía atención en las indicaciones que el manejador daba a sus jugadores, a los cuales les hablaba con palabras altisonantes. Al señor MacArthur no le gustó esa actitud, por lo cual se cambió de lugar, y fue cerca de la caseta del equipo que estaba por la tercera base. El mánager les hablaba con respeto y motivación a sus jugadores, el señor MacArthur atribuyó a eso la victoria, que en una entrada extra, consiguió ese equipo.

Mientras festejaban el triunfo, se acercó a platicar con el manejador.

—Felicidades —le dijo.

—Gracias —contestó visiblemente emocionado por la victoria.

—Me permite un momento.

—Sí, claro.

—Verá, soy abuelo de un par de jovencitos, así como los que acaban de jugar, y me gustaría, claro, si es posible, que pudieran jugar en su equipo, ya que a ellos les gusta mucho el béisbol, de hecho allá están, mire.

El Crimen de Linda MacArthur

El señor MacArthur señaló en dirección a donde estaban su esposa y sus nietos. Daniel lanzaba la pelota hacia arriba y la atrapaba con el guante, pero Bartolo estaba acostado en el césped tomando una siesta cubriendo su rostro con la cachucha —le dije que les gustaba mucho el béisbol —comentó.

—Sí, ya veo, sobre todo al joven que está acostado —dijo sonriendo el manejador.

—No se preocupe, no hay ningún problema, en mi equipo hay lugar para todos, eso sí, tendrán que ganarse la posición y mantener buenas calificaciones en la escuela.

—De eso me encargo yo, ¿cuándo empezarían? —preguntó el señor MacArthur.

—Pueden empezar el siguiente fin de semana, dígame las tallas para traerles sus uniformes, y sus nombres por favor para darlos de alta en el equipo —pidió el entrenador.

—Perfecto, Bartolo Hernández talla dieciocho, y Daniel Hernández talla diecinueve —respondió el señor MacArthur.

—Muy bien, los espero el próximo fin de semana, con su permiso —dijo el manejador y se retiró.

El abuelo regreso con su familia, su esposa le preguntó.

—¿Dónde andabas?

—Uh, consiguiendo equipo para los muchachos.

—¿En serio?

—Sí ya van a jugar en la liga, el próximo fin de semana.

—¿Y crees que ellos quieran?

—Estoy seguro de que sí, Daniel ven hijo, ¿te gustaría estar en un equipo de béisbol con muchachos de tu misma edad?—Claro que sí abuelo.

—Bartolo, Bartolo —decía la abuela moviéndolo de un lado para otro, ya que aún echaba la siesta, hasta que despertó.

—Está bien otro sándwich abuela, con mayonesa por favor —dijo tapándose la cara con la gorra.

—Otro sándwich, sí como no, ya te comiste cuatro y dos refrescos, levántate que tu abuelo tiene algo que decirte.

—Está bien. ¿Qué pasa abuelo?

—Bueno, que ya tienen un equipo donde van a jugar béisbol.

—¿En serio?

—Sí.

—Genial.

—Bueno vamos a juntar todo que ya es tarde y nos tenemos que ir —pidió el abuelo.

Enseguida recogieron el mantel, la canasta, el bate, la bola y los guantes de béisbol que habían llevado, colocaron todo en la cajuela del vehículo y se marcharon, se veían emocionados, la idea del abuelo iba por el camino que él había pensado, quería mantener ocupados y distraídos a sus nietos quienes muy contentos llegaron a casa de sus abuelos.

—Sólo bajen lo de la comida, lo de béisbol déjenlo ahí mañana vamos a ir de nuevo al parque quiero que vayan practicando.

Los jóvenes obedecieron a su abuelo.

—Jugamos con los videos hermano —pidió Bartolo.

—Claro, te daré la revancha, la vez anterior te gané.

—Que jugamos ni que nada, vayan a bañarse primero —inquirió la abuela, Bartolo rápido se apuró a ganar el baño y en un lapso corto salió.

—Listo abuela.

—¿Ya te bañaste?

—Ya.

—Según tú, ya me imagino, apenas te has de haber mojado ese cabello tan largo que traes.

Bartolo sonrió, enseguida fue el turno de Daniel.

La tarde la pasaron entretenidos con los videojuegos, el abuelo se les unió, no era diestro ni con los controles pero la convivencia era buena. A la mañana siguiente y aprovechando el agradable clima se fueron de nuevo al parque, en el estadio había partido de otros equipos de la misma liga donde ingresarían. El abuelo instruía a Daniel y a Bartolo a quienes puso a correr por el parque.

—Se mira que les gusta lo que les estás enseñando —dijo la señora a su esposo.

—Sí, parece que así es. ¡Vamos, vamos no dejen de trotar, necesitan estar en condición para el próximo fin de semana! Esa tarde de domingo regresaron a casa. Su padre los esperaba afuera, apenas si bajaron del carro.

—Papá, papá, vamos a jugar béisbol, el abuelo nos metió a un equipo —gritaba Bartolo, mientras que su abuelo se dirigía a Arturo.

—¿Nos puedes acompañar el próximo fin de semana al parque?

—Por supuesto que sí —contestó Arturo, mientras Daniel emocionado les dijo:

—Creen que puedan pegarle a mis lanzamientos.

—¡Oh!, de modo que te gustaría pichar.

—Sí, creo que lanzo muy rápido.

—Perfecto dijo Arturo, al momento que abrazaba a sus hijos.

—Muy bien, recuerden no descuidar la escuela —dijo el señor MacArthur, despidiéndose.

El lunes en la mañana, los muchachos se fueron a la escuela, acompañados de sus abuelos. Arturo fue a la facultad, se sentía bien como para reanudar su trabajo. Se dirigió a la oficina del rector, el cual se incorporó de su silla al momento que lo vio. Inmediatamente fue hacia él, y le dio su más sentido pésame por la pérdida de la maestra Linda, su esposa. Arturo le agradeció e hizo un gran esfuerzo por no entrar en el tema, por lo contrario le hizo saber su deseo de regresar a las aulas.

—Me alegro de que estés bien. Tu clase la está impartiendo un profesor sustituto, así que no hay ningún problema. Mañana mismo puedes regresar. Ya sabes que cuentas con todo mi apoyo.

—Gracias —dijo Arturo, retirándose de la oficina.

Al llegar a casa compartió con sus hijos la noticia de que regresaría a su trabajo, pero ellos de inmediato iniciaron la conversación del béisbol, era el tema principal. Arturo, como buen aficionado al llamado rey de los deportes, se involucró en el tema dejando de lado el asunto de la facultad, como una noticia para sí mismo.

—Fue idea del abuelo —externó Daniel.

—Una excelente idea, creo yo. Ustedes tienen grandes cualidades, y estoy seguro que les va a ir muy bien. No olviden que primero son sus estudios. Así que dada la hora que es, tienen que hacer sus tareas. Dormir temprano es el complemento de un buen deportista.

Los jóvenes, estando de acuerdo con su padre, hicieron sus tareas y se acostaron temprano, mientras que Arturo, preparó el tema de su próxima clase.

Al día siguiente, los abuelos pasaron a recoger a los muchachos. Arturo ya estaba listo para irse a la facultad, tomó el camión urbano, ya que su auto aún estaba en el corralón para investigación, aparte de que había quedado inservible. La aseguradora estaba a cargo del asunto. Arturo no quería saber del tema, y trato de incorporarse a sus actividades como docente de una forma regular. Sin embargo, reintegrarse fue muy difícil, los primeros dos días resintió de una manera significativa la ausencia de Linda.

La depresión empezó a hacer estragos en su comportamiento: se volvió fácilmente irritable, y con frecuencia figuraba la imagen de Linda desplazarse por los pasillos donde regularmente la veía. Su inestabilidad emocional quedó de manifiesto claramente en una junta de maestros, mientras fijaba su mirada en la silla donde Linda atendía dichas juntas. Arturo, ausente a lo que el rector exponía, sonreía mirando aquel espacio vacío. Tanto el rector como maestros compañeros comprendían por lo que estaba pasando.

—Muy bien. Los acuerdos han sido tomados. Gracias por su asistencia. Se pueden retirar.

Arturo de inmediato se levantó y fue a la silla vacía, con caballerosidad la movió hacia atrás, mientras mantenía la mirada acompañada de una sonrisa, como si estuviera viendo a su esposa. Salió de la sala de juntas. Todos vieron con asombro su comportamiento y guardaron silencio. El rector pidió a su secretaria:

—Llame al profesor Oscar. Mándemelo a mi oficina, por favor.

El profesor Oscar, como el rector lo había llamado, era un reconocido psicólogo con doctorado en la materia y encargado de la Facultad de Psicología.

Momentos más tarde, el profesor Oscar llegó a la dirección. La secretaria, con un coqueteo muy sonriente, lo anunció al rector.

—Hágalo pasar por favor.

El profesor entró a la oficina.

—Buenos días señor.

—Buenos días profesor. Cierre la puerta por favor.

El director abordó el tema de inmediato.

—Como usted ya sabe, en fechas recientes perdimos a la maestra Linda. Fue una lamentable pérdida. En el incidente estuvo involucrado el profesor Arturo.

—Un gran maestro y gran compañero —intervino el profesor Oscar.

—Lo sé —contestó con seriedad el rector y continuó hablando.

—Hoy tuvimos una junta con maestros de la facultad de ingeniería, y me preocupa el comportamiento del ingeniero Hernández. Entiendo por lo que está pasando y no quiero exagerar, ni alarmar a nadie, pero me gustaría que le diera seguimiento a su conducta, y me diga si algo mal está sucediendo.

—Claro que si, estaré al pendiente.

—Gracias profesor, se puede retirar.

—Con su permiso.

El profesor Oscar salió de la oficina del rector con una importante tarea sobre Arturo, quien ya se encontraba en su salón de clase, desarrollando su tema con la fluidez característica en él. Después de su clase, como normalmente lo hacía, Arturo se retiró a su casa, donde sus hijos no hablaban de otra cosa que no fuera el béisbol, y del día en que se presentarían como jugadores de un equipo oficial, por lo que su emoción aumentaba.

Daniel con la idea de ser un gran lanzador, y Bartolo que sería un gran bateador. Su padre los animaba, pero estaba muy al pendiente que hicieran sus tareas y se acostaran temprano. Cuestión que no le costó mucho trabajo, pues los jóvenes eran disciplinados y obedientes. A la mañana siguiente, tercer día de la semana, como lo habían acordado, los abuelos pasaron a recogerlos. Arturo, a bordo del autobús de la ciudad, se fue a la facultad. Llegó al salón de clases, y de su portafolio sacó las hojas con su tema.

De inmediato planteó un problema matemático en el pizarrón. Dio la explicación correspondiente y anotó la fórmula inicial, dejando a los alumnos su desarrollo y solución. Los alumnos, en absoluto silencio, se dedicaban a resolver el problema algebraico.

Todo estaba en silencio cuando se escuchó el rechinar de las llantas de un auto, e inmediatamente el fuerte ruido del impacto entre dos autos, seguido del claxon que no dejaba de sonar. El choque llamó la atención de los alumnos que abandonaron su trabajo, se levantaron a mirar por las ventanas, y vieron que en el accidente había quedado uno de los conductores atrapado entre los fierros, recargado sobre el volante, motivo por el cual el claxon no dejaba de sonar. El constante sonido empezó a aturdir a Arturo que cerró sus ojos y se puso las manos sobre su cabeza.

De inmediato algunos de los alumnos salieron corriendo para prestar auxilio, algunos otros marcaron al número de emergencia. Las autoridades llegaron al lugar; los bomberos se hicieron cargo de rescatar al conductor atrapado; la ambulancia hacía lo propio con los lesionados; el intendente de la escuela les pidió a los alumnos que regresaran a sus clases. Todo parecía estar bajo control, así que los alumnos regresaron a las aulas. Arturo visiblemente alterado y con un tono de voz diferente dijo:

—Ya están todos, vamos a continuar con la clase. Tomen asiento.

Los alumnos ocuparon sus respectivos lugares y trataron de continuar con el problema. Uno de ellos, conocido por sus habilidades matemáticas, se levantó de su lugar, y tomando su cuaderno fue al escritorio del profesor.

—Ya terminé el problema, me lo revisa por favor — le pidió.

—Problema ¿Qué problema? —respondió Arturo con un signo de interrogación en su rostro, y tomó el cuaderno.

—¿Qué son estos jeroglíficos? ¿Por qué tantos números?

El alumno lo miró sorprendido.

—Ve a tu lugar y por favor, deja tus bromas para otro momento.

El Alumno, aún más sorprendido por la respuesta del profesor, fue a su lugar. Arturo se puso de pie.

—Muy Bien. La historia nos muestra el tiempo transitorio y la evolución de la mente criminal y perversa. Mostrando cada vez más complejo el trabajo de las autoridades, que en ocasiones han tardado años en atrapar a un asesino. Es algo entendible, pues nadie puede atrapar a un psicópata, sino hasta que quien lo persigue penetre en su mente para saber ¿cómo piensa?, ¿qué es lo que hará?, y ¿por qué lo hace? La mayoría de los casos nos muestra que su psicópata conducta inicia en su niñez, como lo han establecido reconocidos criminólogos y psicólogos, que es donde se forja su carácter.

El profesor Arturo desarrollaba el tema como un perito en la materia. La cuestión y la sorpresa de los alumnos radicaba en que él era profesor de física y de matemáticas, temas que había ignorado por completo. Y abordaba ahora un tema sobre la psicología de un criminal. Para ser exactos, era el análisis de un psicópata, cuya mentalidad suele retar a quienes lo persiguen. La hora de clase terminó. Los alumnos comprendiendo que algo extraño sucedía en la conducta del profesor, así que empezaron a levantarse y retirarse del salón. El profesor juntó sus documentos y los guardó en su portafolio. Al salir, uno de los alumnos fue abordado por el profesor Oscar en el pasillo, que con una actitud casual preguntó:

—¿Cómo te fue en la clase?

—De locura —contestó vagamente con una sonrisa el joven estudiante.

—¿De locura? ¿y eso por qué?

—El profe se puso pirata. Nos encargó resolver un problema algebraico y después estaba hablando de psicópatas asesinos, o algo así. Ya ni le presté demasiada atención, pero estaba raro —dijo el alumno y se retiró tomando su celular, mientras que el profesor Oscar se quedó serio y pensativo.

En esos momentos salió Arturo del salón de clases y pasó junto a él sin saludarlo, como concentrado en algún pensamiento, o como si no lo conociera. Apoyándose en su bastón se perdió entre los alumnos que caminaban por el pasillo. El profesor Oscar fue a la dirección a comentar el hecho con el rector, a quien le pareció una situación preocupante.

—Esperemos que sólo sea una crisis y todo vuelva a la normalidad. Todos sabemos que el ingeniero es de probada capacidad.

—Esperemos que así sea. Según Freud, una emoción demasiado fuerte puede provocar cambios repentinos en la conducta. De cualquier manera, creo necesario una plática con él —opinó con conocimiento el psicólogo.

—Sí, yo también así lo creo. Y entre más pronto mejor.

El rector, mirando los monitores de las cámaras, ubicó a Arturo, quien iba caminando por los pasillos rumbo a la explanada de la universidad, activo el mecanismo del micrófono, sin dejar de verlo por una de las cámaras, dijo:

—Ingeniero Hernández, pase a rectoría por favor.

El llamado se escuchó claramente en las bocinas del pasillo, pero Arturo continuó caminando como si no hubiera escuchado. El rector viendo la dirección que llevaba, llamó de nuevo alzando la voz.

—Ingeniero Hernández, pase a rectoría por favor.

Esta vez Arturo se detuvo y puso atención. El rector repitió el llamado, Arturo cambio de dirección y se dirigió a rectoría.

—Usted se hará cargo profesor —le dijo el rector al psicólogo.

Arturo llamó a la puerta y Oscar abrió.

—Buenos días Arturo, pasa, por favor.

—Buenos días —Arturo contestó sereno, y entró.

—Siéntate, por favor.

Arturo se sentó frente al escritorio del rector y en la silla de junto se sentó el psicólogo.

—Espero no quitarte mucho tiempo.

—No se preocupe señor, dígame.

—¿Si conoces al profesor Oscar?

—Sí claro, excelente psicólogo —respondió Arturo con una sonrisa.

—Si no tienes inconveniente, él quiere hacerte algunas preguntas.

—No, claro que no, ninguno —contestó Arturo, moviendo la silla para quedar casi de frente al psicólogo, quien inició su intervención con un amable saludo y una pregunta de rutina.

—¿Cómo has estado Arturo?

—La respuesta de Arturo fue rápida y automática. —Bien, muy bien.

La siguiente pregunta fue más directa con una intención definida.

—¿Cómo te has sentido ahora que regresaste después de un tiempo?

Arturo ya estaba donde el psicólogo lo quería y su semblante así lo demostró, con voz seria contestó: —Bueno, ha sido muy difícil.

Oscar fue directo.

—Varios alumnos comentaron que tu actitud fue extraña, diferente a lo que siempre se ha conocido de ti, con algunos cambios repentinos en tu personalidad. Comprendemos por lo que estás pasando. ¿Crees que podamos ayudarte en algo?

Arturo se mostró desconcertado. Puso su mano izquierda en su barbilla y recargó el bastón en su pierna derecha y con voz baja, que apenas se podía escuchar, dijo:

—Ni siquiera sé a ciencia cierta cómo expresar lo que me sucede. Es como si el presente se perdiera en un punto aislado dentro de un espiral girando a una velocidad vertiginosa, absorbiendo con voracidad mi voluntad, donde mi propia identidad desaparece.

Arturo guardó silencio y mirando al piso, ya no dijo más. El rector miraba al psicólogo pidiéndole su intervención con la mirada. Oscar movió la cabeza de un lado a otro de forma negativa. El rector rompió el silencio.

—Está bien ingeniero, se puede retirar.

Arturo se apoyó en su bastón y sin decir palabra abrió la puerta, salió y la cerró tras de sí perdiéndose entre los alumnos que ocupaban los pasillos.

—¿Qué opinas? —preguntó el rector al psicólogo.

—Considero que el problema es serio y que necesita una valoración psiquiátrica.

El rector se quedó pensativo.

Mientras tanto Arturo ya se dirigía al centro de la ciudad, donde tomaba su terapia dos días a la semana. Camino a la clínica estaba una tienda de empeño, por el vidrio de la ventana vio un bastón que le gustó. Tenía como mango un dragón metálico color dorado. Entró y lo pidió. El encargado se lo mostro diciendo:

—Es de madera fina, caoba para ser exactos.

—Sí, se ve bonito, de hecho me gustó por el mango, el dragón, ¿es de oro?

—No, es chapa.

El tendero le dio vueltas al dragón, separándolo, porque tenía un hueco que ocultaba una filosa navaja sólidamente fijada a la madera, el encargado de la tienda le mostró la calidad de la pieza agregando:—Es doblemente útil, no sólo le serviría para apoyarse, sino también para defenderse.

Arturo al ver la navaja se inquietó demasiado, y haciendo un gran esfuerzo por reponerse dijo:

—Parece algo peligroso, me puedo lastimar yo mismo.

—No se preocupe, aquí a tres cuadras hay una academia de artes marciales, también enseñan a usar armas blancas.

—Bueno creo que me convenció, me lo llevo. Se ve que es de buena madera. Este que traigo ya no me sirve, ¿se lo puedo dejar aquí?

—No hay problema, yo lo hecho a la basura, es un bastón de mala calidad, muy comercial.

Arturo después de pagar, se dirigió al lugar que le mencionó el señor de la tienda. Era una academia de artes marciales muy concurrida. El encargado del lugar, era un hombre experto en artes marciales con reconocimientos de una gran trayectoria en competencias internacionales, impartía las clases que tenían una gran participación por parte de los alumnos.

Arturo permaneció viendo por más de dos horas, esperó a que terminara la sesión de ejercicios para hablar con el maestro, a quien llamaban sensei, quería expresarle su temor de lastimarse con la navaja del bastón, ya que era algo que cargaría con él a diario. Quería sentirse seguro de saber usarlo en caso necesario. Enseguida desenroscó la cabeza del dragón para mostrarle a lo que se estaba refiriendo; el sensei lo miró con cierta admiración.

—Es un buen trabajo, ciertamente la navaja es muy filosa, pero no se preocupe, aquí le enseñaré a utilizarla. ¿Cuándo desea empezar?

—Lo más pronto posible —respondió Arturo.

—Muy bien. Llene esta solicitud, por favor, y tráigame un certificado médico donde conste que está saludable, y con su corazón estable para realizar los ejercicios.

—Gracias por sus atenciones, y en cuanto esté listo regresaré.

—Aquí lo espero.

Arturo miró su reloj y salió de la academia.

—Ya van a salir mis hijos de la escuela. ¡Taxi, taxi!

Pidió el taxi. El auto se detuvo y lo llevó a casa, a donde llegó a tiempo para preparar la comida. De inmediato puso un trasto de peltre con agua en la llama de la estufa, le echó unas papas y las dejó hervir mientras que en la licuadora mezclaba unos tomatillos con chile rojo fresco de los campos de California. Con la habilidad de un chef profesional, cortó en trozos pequeños carne pulpa de res, y enseguida preparó una limonada natural. Momentos después Daniel y Bartolo llegaron con sus abuelos.

—Huele delicioso —dijo la señora MacArthur.

—Gracias, siéntense por favor enseguida les sirvo.

—Déjame ayudarte.

La señora MacArthur se encargó de servir la comida, y mientras comían no se hablaba de otra cosa que no fuera de béisbol. El tema servía un poco para sobreponerse a la terrible pérdida que todos habían sufrido, y en silencio guardaban en su corazón.

CAPÍTULO CUATRO

Por su parte, los agentes del departamento de homicidios agotaban todas las pistas y las investigaciones no presentaban ningún avance significativo que pudiera ayudarles a resolver el caso, sin embargo el teniente López confiaba en que el asesino cometería algún error que lo llevaría a su captura, sus pensamientos fueron interrumpidos por una llamada telefónica.

—Bueno.

—Teniente, están reportando el hallazgo de un cadáver, al parecer una mujer —le comunicó el despachador de la dependencia.

—Deme la ubicación.

—Whittier y Arizona.

—Mande unidades al lugar. Que acordonen inmediatamente el área. Vamos para allá.

El radio operador envió unidades al lugar, llegando primero el agente Maculen con su compañero, ya que era el sector que ellos patrullaban. Los curiosos rodeaban el cadáver.

Maculen al bajarse gritó que despejaran el área, retiró a los curiosos y llegaron a donde yacía una mujer tirada en un charco de sangre. Las huellas de las heridas eran muy visibles pues en la región abdominal estaba una gran mancha del vital líquido.

—¡Dios mío, es la mujer que hizo el reporte anterior!

El Crimen de Linda MacArthur

El compañero fue a la patrulla y sacó de la cajuela los rollos de cinta para proteger la escena.

Maculen tomó su radio portátil.

—Unidad 203 llama.

—Adelante.

—Se trata de una mujer, al parecer está muerta.

—Los paramédicos no tardan en llegar.

El despachador estaba en lo cierto, el ulular de las sirenas de la ambulancia se escuchaba muy cerca.

Maculen y su compañero colocaron la cinta color rojo cerca del cadáver y abrieron más el perímetro colocando la cinta amarilla. La ambulancia llegó y los paramédicos fueron al cuerpo que yacía en el piso, examinaron el cuerpo, y uno de ellos puso las yemas de sus dedos en el cuello a la altura de la vena yugular de la mujer, segundos después dijo que ya estaba muerta. El teniente López arribo al lugar acompañado de un agente de su grupo.

—Es el mismo lugar donde se localizó el cadáver de Linda MacArthur —aseveró el teniente.

—Así es —respondió el agente Maculen, mientras se acercó.

—Es la mujer que reportó a la víctima anterior, teniente yo le tomé los datos.

—¿Tienen algo?

—Nada. Recién acordonamos el área, y ella no tenía ninguna pertenencia.

—No dejes que nadie entre al perímetro, vamos a buscar alguna pista.

El teniente se acercó al cadáver, vio las manchas de sangre en el abdomen.

—Fue apuñalada —dijo, mientras uno de los agentes revisaba el rastro de unas pisadas.

Los peritos en la escena del crimen tomaron impresiones y fotografías de las huellas: fue todo lo que encontraron. El teniente dirigiéndose a los elementos de la unidad forense, ordenó.

—Procedan con el levantamiento, regístrenla como femenina desconocida hasta que sea identificada por sus familiares.

Las luces de la unidad forense indicaban el lamentable suceso, donde ya metían en una bolsa de plástico el cuerpo inerte de la desafortunada mujer para subirla a la camioneta. Las puertas se cerraron en un absoluto silencio. Ante la mirada de los curiosos, se retiró la camioneta.

—Maculen.

—Sí señor.

—Ve al domicilio que tienes de ella y encárgate de que sea identificada.

—Claro que sí, señor. De hecho es cerca de aquí.

El agente se retiró, y el teniente marcó en su teléfono.

—Bueno —respondió el director de la corporación.

—Señor, tenemos un homicidio. Es en el mismo lugar y con las mismas características.

—No puede ser. Teniente intensifique de inmediato la búsqueda del responsable, y asigne más vigilancia en ese sector.

—Sí señor.

En ese mismo momento, la presencia policiaca aumentó, logrando disminuir los hechos delictivos. Los agentes de homicidios hacían preguntas a todos los vecinos del lugar sin ningún resultado positivo para esclarecer el caso.

Horas más tarde el teniente recibió una llamada.

—Sí.

—Teniente, estoy en la morgue. La victima presenta cuatro heridas de arma punzocortante en la región abdominal y costado izquierdo, igual que la anterior.

—¿La identificaron sus familiares?

—Sí, confirmaron. Es la señora Petra García, sus familiares dicen que ahí tomaba el camión urbano para ir a trabajar.

—Gracias Maculen —concluyó la llamada.

El teniente permaneció pensativo por un largo periodo, luego abordó su vehículo y se dirigió al domicilio del señor Arturo Hernández con la intención de hablar con él. Al llegar, se estaba estacionando otro vehículo, el teniente se detuvo atrás de este. Era el licenciado Hernández, quien al descender de su vehículo, se volvió a mirar al teniente, y antes de que este se bajara, Miguel camino hasta la ventana del conductor y preguntó.

—¿Se le ofrece algo teniente?

Para el teniente la pregunta no era ninguna sorpresa, pues Miguel estaba a cargo de la representación legal en el caso del crimen de la señora Linda MacArthur, así que se bajó del vehículo y sin preámbulos respondió.

—Sí, me gustaría hablar con su hermano, ya que como usted recordará su teléfono estaba junto al cadáver de su esposa. Situación que aún sigue sin esclarecerse. Se puede suponer que no resulte extraño que una mujer cargue el celular de su esposo, pero su vehículo estuvo en el lugar del asesinato en los momentos que se cometió, ¿cuál era la razón de su presencia?

Miguel respondió:

—Recapitulando, teniente la víctima tenía sangre y piel en sus uñas, en cambio Arturo no tenía ningún rasguño. El ADN (ácido desoxirribonucleico) de esas partículas no correspondieron a mi hermano.

El teniente se le quedó mirando, hizo una pausa, y continuó.

—¿Otra mujer? Quizás.

Miguel reaccionó tajante.

—No tiene ninguna base para sustentar esa hipótesis.

El teniente no contestó. Hizo una larga pausa como reservando para sí mismo alguna información, luego dijo:

—Siento mucho las molestias de mi visita, pero como usted comprenderá las interrogantes de este asunto son muchas. Además usted debe saber que ahora no investigo un homicidio, sino dos, con las mismas características y en el mismo lugar.

Miguel comprendió la gravedad de lo que eso significaba, dando un paso adelante con habilidad profesional impulsado por su amor fraternal, preguntó:—¿Tiene alguna orden judicial?

El teniente sintió el peso de la experiencia del licenciado y su buena amistad con el fiscal.

—No, en realidad no —contestó el teniente.

—En ese caso, considero que no es el momento adecuado, ellos están alejados de toda noticia que tenga que ver con hechos delictivos —dijo Miguel, dirigiendo la mirada a la casa donde a través de una de las ventanas se podía ver a su hermano platicando con sus dos hijos.

—Sí, claro, comprendo —respondió el teniente, captando que necesitaría alguna prueba contundente para conseguir una declaración de Arturo, el cual no mostraba ningún interés porque se resolviera el caso, de tal modo que decidió continuar en otro ámbito. Pensativo abordó su vehículo y se marchó.

Miguel caminó y llamó a la puerta.

El Crimen de Linda MacArthur

—Hola hermano, ¿Cómo estás? Pasa.

—Muy bien, gracias a Dios. ¡Hola muchachos!, ¿cómo están?

—Muy bien tío. ¿Nos vas a acompañar el domingo al juego?

—Así que, ¿van a jugar?

—Sí, no hablan de otra cosa que no sea el béisbol. Están muy emocionados —dijo Arturo, quien de inmediato se involucró en la charla del juego.

Mientras tanto, el teniente López conducía su vehículo oficial por las autopistas con rumbo a las instalaciones de la universidad de California en Los Ángeles, quería averiguar más sobre Arturo. Al llegar al campus estacionó su vehículo enseguida del espacio reservado para el rector. Caminó por los pasillos y llegó a rectoría donde se identificó con la secretaria, quien lo anunció con el rector, y no le prestó mayor importancia, con atención rutinaria contestó:

—Hágalo pasar.

El teniente abrió la puerta y saludó.

—Buenas tardes, señor.

—Buenas tardes —contestó el rector, acomodando unos documentos sobre su escritorio, el teniente se paró frente a él.

—¿Me puedo sentar?

—Oh, sí disculpe —dijo el rector dejando a un lado los documentos.

El teniente se sentó y le mostró su identificación. El rector juntó sus manos y apoyó los antebrazos en el escritorio, prestando atención al teniente quien fue franco en el asunto.

—Sabe señor, estoy investigando dos homicidios, con las mismas características: las víctimas son mujeres; fueron encontradas en el mismo lugar y al parecer fueron asesinadas con la misma arma o armas similares. Aunque el móvil puede ser distante, existen muchas similitudes.

El rector moviendo los pulgares de sus manos comentó intrigado.

—Es preocupante la situación violenta que se vive en nuestra ciudad. ¿Y yo en que le puedo ayudar?

El teniente fijo su mirada en los ojos del rector, y dijo:

—La primera víctima fue Linda MacArthur, su nombre de soltera. Legalmente su apellido era Hernández, pues estaba casada con Arturo Hernández. Sé que ambos laboraban como catedráticos en esta universidad.

El teniente dio espacio al rector para que diera algún comentario, el rostro del rector mostró su angustia y respondió:

—Así es, los dos son, bueno, Linda era una excelente maestra, y el ingeniero permanece laborando aquí.

—¿Me puede decir sus horarios y actividades en la facultad? —preguntó el teniente.

El rector expresó:

—¿Cree usted qué? No, no puede ser, ¿pero usted tiene alguna sospecha sobre el ingeniero? Él es una persona de gran calidad humana.

—No lo dudo señor, pero me gustaría aclarar de algún modo las circunstancias que lo han rodeado —inquirió el teniente, quien utilizando su astucia profesional, manipulando para conseguir algo, le hizo mención histórica de algunos asesinos en serie que se habían manejado con un bajo perfil, lejos de toda sospecha, aún por sus familiares más cercanos.

El comentario del teniente logró preocupar al rector quien no pudo disimular lo grave que esto le parecía. Su rostro denotó la intención de externar algo. El teniente sintió que era el momento para adquirir algún comentario que ligara al ingeniero con sus sospechas.

—No, olvídelo —dijo en voz baja el rector al momento que se ponía de pie dirigiéndose a un archivero metálico.

—Perdón, ¿dijo algo señor? —preguntó el teniente.

—No, aquí tengo el expediente del ingeniero Hernández, espero y le sirva de algo.

El rector sacó del folder una hoja de papel que dejó en el casillero, pronto lo cerró llevando el expediente al teniente, quien leía cuidadosamente hoja por hoja, luego en su libreta tomó algunos apuntes, y comentó:

—Parece un gran maestro.

—Lo es —contestó el rector, guardando para si los cambios de personalidad que se habían reportado en Arturo.

El teniente no tenía nada sustancial que le ayudara a dar con el asesino de Linda MacArthur. Se puso de pie y le entregó una tarjeta de presentación.

—De cualquier manera le agradezco mucho sus atenciones —lo saludó de mano y se retiró cerrando la puerta tras de sí.

El rector se quedó pensando en la visita del teniente, veía insistentemente la tarjeta y tomó el teléfono que tenía sobre el escritorio. Empezó a marcar y antes de terminar la marcación colgó el teléfono: la duda se reflejaba en su rostro y volvió a descolgar el teléfono e intentó marcar de nuevo, pero volvió a colgar sin completar la llamada. Se dirigió a la puerta, la abrió y caminó en silencio hasta el escritorio de su secretaria, quien lo notó preocupado, ella de inmediato le preguntó:

—¿Pasa algo señor?

—No, bueno no estoy seguro. Llama a los del consejo universitario y convoca una junta con carácter de urgencia, también llama al profesor Oscar, el de psicología —pidió el rector.

La secretaria acató y empezó a realizar las llamadas a los del consejo, así como al psicólogo, reuniéndolos momentos más tarde en la oficina del rector.

—Tomen asiento por favor —pidió el rector.

Oscar vio, que a excepción de él, todos eran del consejo universitario y se reunían para tomar decisiones de algo importante en la universidad, así que siendo prudente, guardó silencio. El rector tomó la palabra.

—Acabo de recibir la visita del teniente López, él dirige el departamento de homicidios de la policía de Los Ángeles y está a cargo de la investigación del crimen de la maestra MacArthur.

—¿Qué no fue un accidente? —preguntó un miembro del consejo que estuvo en su funeral.

—No —respondió el rector y continuó.

—La maestra fue acuchillada, y el teniente ahora investiga otro caso similar. Piensa que es importante interrogar al ingeniero Hernández. En lo personal considero una sospecha injusta, no obstante el ingeniero a tenido algunos cambios en su comportamiento. Bajo toda mi pena, creo que debemos solicitarle la renuncia. Ésta es la razón por la que está aquí el profesor Oscar, que como todos lo sabemos es un gran psicólogo, por si alguien tiene alguna pregunta al respecto.

El rector hizo una pausa, los del consejo no salían de su asombro, más, considerando que su decisión protegería a los alumnos, votaron por unanimidad, llegando al acuerdo de ofrecerle al ingeniero una pensión del cien por ciento, conservando todas sus prestaciones de ley. Todos estuvieron de acuerdo y concluyeron la reunión. El rector sería el encargado de darle tal noticia.

El día viernes por la mañana el señor y la señora MacArthur pasaron a recoger a sus nietos para llevarlos a la escuela

—No olviden llevarse todo lo necesario para el juego— dijo la abuela, ya que a pesar de que el juego era el domingo, sus nietos estaban con ellos desde el viernes.

—Sean obedientes con los abuelos, por favor hijos, yo me tengo que ir a la facultad y el domingo en la mañana nos vemos en el parque. Su tío va a ir conmigo.

Los jóvenes ya tenían todo listo, así que lo subieron en la cajuela del auto del abuelo, mientras que Arturo se fue caminando a la parada del autobús para dirigirse a la facultad. Al llegar al campus, el rector ya monitoreaba las cámaras, y al verlo, le hizo el llamado por el sonido local.

—Ingeniero Hernández, pase a rectoría por favor.

Arturo hizo un gesto de sorpresa y recorrió los pasillos hasta llegar a rectoría.

—Pase ingeniero, el rector lo está esperando —pidió la secretaria y le abrió la puerta.

—Siéntese por favor ingeniero, lo que tengo que informarle es algo serio, y me gustaría esperar a que llegara el psicólogo, el licenciado Oscar.

—¿El psicólogo? —se preguntó Arturo a sí mismo y con semblante de preocupación externó: —Sé que no me he sentido muy bien desde que ella, bueno usted sabe, a veces la veo recorriendo los pasillos con aquella sonrisa que solía tener en sus labios.

El rector encontró en su comentario el momento oportuno y pidió.

—Porque no te tomas unas vacaciones, creo que eso sería muy bueno. Las aulas, el mundo de la universidad te va a consumir. Hablé con el consejo y están de acuerdo en una jubilación con el cien por ciento del salario y las prestaciones de ley bajo el argumento de una discapacidad física: molestias constantes en tu cadera, por lo del accidente, y la necesidad de medicamentos fuertes que no te permiten concentrarte en la clase —dijo el rector poniendo un documento frente a Arturo.

—Entonces ya lo decidieron —comentó Arturo con tristeza.

—Lo lamento, sólo que recibí la visita del teniente López de la policía de Los Ángeles, y creo que es lo mejor para todos.

—No pensará que.

El rector lo interrumpió de inmediato.

—No, claro que no.

La conversación se vio interrumpida con la llegada del psicólogo.

—Buenos días, puedo pasar.

Arturo visiblemente triste no contestó, firmó la hoja y tomando su bastón salió de la oficina. Recorrió los pasillos hasta el estacionamiento de la facultad, que miró con cierta melancolía, se dirigió a la calle para tomar el autobús urbano al centro de la ciudad.

Al descender del autobús, caminó por las principales avenidas sin rumbo fijo, cualquier aparador era bueno para que se detuviera a mirar, sin comprar nada. Después de mediodía se dirigió a la academia donde entrenaba, y pidió al sensei que le permitiera realizar sus ejercicios. El maestro de las artes marciales no tuvo ningún inconveniente, ya que a pesar de que Arturo no traía ropa deportiva, el pantalón era cómodo y los zapatos de gamuza, livianos. Arturo se despojó de la camisa, quedándose en playera blanca interior, empezó ordenadamente a realizar ejercicios de calentamiento y control de respiración, dejando su bastón recargado en la pared junto a él. El sensei atendía a otros alumnos, sin dejar de observar a Arturo, quien se notaba concentrado en lo que hacía.

Después de treinta minutos de calentamiento, Arturo tomó su bastón para realizar algunos ejercicios de ataque. El sensei le enseñaba algunos movimientos que Arturo seguía con disciplina. El sensei fue a atender a un par de alumnos que practicaban derribamiento. Arturo ya sudaba copiosamente y aprovechando que el sensei estaba ocupado con los chicos, dio vueltas a la cabeza del dragón de su bastón exhibiendo la filosa navaja, realizó algunos hábiles movimientos y dando una media vuelta quedó de frente ante el costal de lona pendido del techo, y le asestó tres certeros navajazos. De inmediato colocó debidamente la cabeza del dragón en su bastón y dio por terminados sus ejercicios. Se puso la camisa, tomó su portafolio y se despidió del sensei sin que este se diera cuenta del daño causado a su costal.

—Hasta mañana Arturo, que estés bien.

—Hasta mañana —contestó y salió caminando tranquilamente hasta llegar al mercado central, donde pidió algo para comer. Ahí permaneció por un par de horas. Ya al obscurecer se retiró del centro, rumbo a su casa, en la cual se sentía muy solitario e inútil, pues sus hijos pasaban el fin de semana en casa de los abuelos. Salió al patio y tomó una pelota que le lanzaba a su perro Nitro, le sirvió croquetas y colocó agua limpia.

—Vamos Nitro, ya es hora de dormir —le dijo acariciándole el lomo.

Arturo entró a la casa, de la alacena tomó un frasco, le quitó la tapadera. Ya sólo le quedaba una pastilla, se sirvió un poco de agua y la ingirió. Enseguida se dio un baño, con visibles síntomas de somnolencia, se quedó profundamente dormido. A la mañana siguiente, los rayos del sol, que acariciaban su cara, lo despertaron. Aún estaba enredado en la toalla. Se levantó y se vistió, fue a la cocina para prepararse el desayuno, al terminar tomó su frasco de pastillas y fue a una farmacia cercana.

—Necesito este medicamento —dijo a la dependiente mostrándole el frasco vacío.

—Me permite la receta.

—No la traigo.

—Lo siento señor este medicamento no se le puede surtir sin receta.

—¿Y qué voy a hacer?

—Vaya con su médico para que le extienda una receta, y con gusto le surtimos su medicamento.

Arturo respiró profundo, conteniendo su disgusto, salió y se dirigió al hospital donde le habían expedido ese medicamento. Ya era pasado mediodía cuando llegó y preguntó a la recepcionista:

—Señorita, disculpe necesito una receta para poder surtir este medicamento —le dijo y le mostró el frasco vacío.

—¿Quién es su médico?

—No lo sé.

—Señor sólo su médico puede darle la receta, es un medicamento controlado.

—¿Y qué puedo hacer? —preguntó Arturo, ya un tanto desesperado.

—Deme su nombre y tome asiento, veré como le puedo ayudar.

Arturo le proporcionó sus datos y se sentó en un sillón de la sala de espera, después de largo rato preguntó a la recepcionista:

—Señorita, ¿se pudo hacer algo?

—Pase su nombre al departamento de datos para que busquen su expediente, tome asiento yo le aviso.

—Gracias.

Después de una hora más, la señorita de la recepción lo llamó.

Arturo apoyándose en el bastón se levantó pesadamente y fue a ella.

—Señor Hernández ya se encontró su expediente, su médico es el doctor Pérez, llegará a las tres treinta de la tarde.

Arturo miró su reloj.

—Ya no falta mucho, lo esperaré.

Pasadas las tres treinta llegó el doctor, y la señorita de la recepción hizo pasar a Arturo.

—¿Cómo ha estado señor Hernández?

—Creo que bien.

—Vamos a revisarlo.

—En realidad sólo vine porque se me terminaron mis pastillas —le dijo, mostrando el frasco.

—Señor Hernández, ya no debería de seguir con ese medicamento, es delicado para su corazón.

Arturo se puso serio y pensativo, se sentó en la camilla para su revisión.

—Necesito dormir —dijo.

—Lo sé, pero debe de ser de una forma natural, inducir el sueño con medicamentos, le repito es delicado a su corazón, ¿ha estado bajo presión? ¿Alguna preocupación o circunstancia que le cause estrés?

—No.

—¿Está usted seguro?

—Bueno, sí creo que sí, me despidieron de mi trabajo.

—No es tan malo —dijo el doctor, quitándose el estetoscopio.

—Su corazón está estable, todo se mira bien. Le voy a extender la receta con una dosis más baja. Trate de dormir bien y de no estresarse.

—Gracias doctor.

—Que tenga buen fin de semana.

—Así lo hare, mañana debutan mis hijos como peloteros de la liga juvenil.

—Perfecto razón de más para estar tranquilo y disfrutar de un buen juego de pelota.

—Gracias doctor.

—Que le vaya bien.

Arturo saludó de mano al doctor, agarró la receta que guardó en la bolsa de su camisa. Se sentía tranquilo y tomó el autobús rumbo al centro de la ciudad, donde pasaba largos ratos. Ya al obscurecer se dirigió a su casa, antes de llegar, pasó a la farmacia, en la puerta de vidrio estaba el letrero que decía cerrado e indicaba el horario. Arturo sabía que había farmacias abiertas las veinticuatro horas pero la más próxima a su casa estaba bastante retirada, por el momento y ya con la receta consigo, se retiró tranquilo a su casa, donde se dispuso a disfrutar de un buen libro. Se sentó en el sillón, colocó su bastón a un lado, encendió la lámpara y tomando un libro que tenía a un lado de la lámpara lo empezó a leer. Se veía bastante interesado, de repente un trueno en el cielo provocó que Nitro ladrara, seguramente el fuerte ruido lo asustó, pensó Arturo y continuó leyendo, instantes después repitió Nitro sus ladridos.

Arturo se levantó y vio que empezaba a llover, enseguida salió y colocó un plástico sobre la casa del perro para protegerlo de la lluvia, otro fuerte estruendo se escuchó. Arturo miro hacia las alturas, el cielo estaba completamente nublado de un color obscuro que vaticinaba la tormenta.

—Parece que va a estar fuerte —dijo a su mascota sirviéndole croquetas y agua, que colocó dentro de la casa de madera, luego entró y se sentó a continuar con su lectura.

La lluvia empezó a caer copiosamente. El aleteo de un cuervo que se postró en el árbol del jardín frente a la casa del perro, llamó la atención de Nitro que considerándolo un visitante desagradable e inusual le empezó a ladrar como pidiéndole que se alejara, pero este animal sólo movía la cabeza de un lado a otro.

En esos momentos el destello de un relámpago se vio en el cielo seguido del fuerte estruendo tanto de la naturaleza como de un gran transformador eléctrico ubicado en el poste de la banqueta que provocó chispas, haciendo caer la energía. Todo el vecindario quedó a obscuras. Arturo no pudo continuar con su lectura. Dejó el libro en el sillón, y se levantó se asomó por la ventana, ya que Nitro no dejaba de ladrar, nada le pareció inusual y se fue a su recámara. Se quitó los zapatos y se dispuso a dormir, pero con los ladridos de Nitro que no dejaba de mirar al cuervo, le resultaba imposible. La lluvia era cada vez más fuerte, Arturo se empezó a sentir impaciente y tomó el frasco de sus pastillas, lo vio vacío.

—Maldición —dijo y lo arrojó al piso.

El cuervo y Nitro mantenían un duelo con la mirada, los ladridos eran cada vez más fuertes y prolongados, sus movimientos demostraban el deseo del perro por querer alcanzar al cuervo para destrozarlo.

—Ya por favor para, perro tonto, deberías de meterte a tu casa en vez de estarte mojando —exclamó Arturo agarrándose la cabeza, aturdido por un incesante zumbido que sólo el escuchaba, seguido de extrañas voces de maligna influencia que se apoderaban de sus pensamientos. Visiblemente desesperado se levantó, se puso los zapatos, una sudadera gris con capuchón, enseguida agarró su bastón y salió al patio, Nitro no dejaba de ladrar.

—Es medianoche, ven acá maldito —expresó, actuando con una voluntad robada, giró el mango de su bastón hasta desplazar la cabeza del dragón que ocultaba la filosa navaja, que se podía ver por la luz de los relámpagos en el cielo, enseguida se acercó a Nitro, este dejo de ladrar sin presentir la intención de su amo.

Arturo empuñando el bastón con su mano derecha, le acarició el lomo con la mano izquierda sólo para mantenerlo quieto, enseguida le asestó un certero golpe en un costado. Nitro aulló de dolor. Arturo fuera de la realidad y bajo un vil dominio repitió en dos ocasiones el mortal golpe. Nitro quedó tirado en el piso a un lado de su casa de madera, su sangre se vertía con el agua de la lluvia que corría por el patio. El aire estaba enrarecido, ideas difusas estaban en la mente de Arturo. El cuervo observaba fijamente al perro tirado sin vida.

—Antes de que raye el sol me atraparán, y me depositarán en una obscura celda hasta el final de mis días —expresaba Arturo mientras se alejaba de su casa. Con ágiles movimientos se desplazaba entre las obscuras calles como una pantera.

La lluvia continuó hasta las cuatro de la madrugada. Una hora después Arturo, ya estaba de regreso en su casa, de una bolsa de plástico saco un frasco con pastillas, lo abrió y tomó una, que se pasó con un poco de agua embotellada que traía en la misma bolsa. Luego, se despojó de la ropa mojada, se puso la pijama que guardaba en su cajón y se acostó a dormir.

En la mañana, temprano, se despertó con el sonar de la alarma del reloj del buró, se levantó y recorrió las cortinas de la ventana que daban al patio para que entrara la luz del sol.

—¡Qué! —exclamó

Sorprendido al ver a su perro Nitro tirado en el suelo, de inmediato salió al patio.

—¡No puede ser, maldito sea el que te hizo esto! —expresó frente al animal.

—¡Malditos drogadictos! —dijo consternado, enseguida fue a su cuarto de herramientas y sacó una pala con la que cavó un hoyo en su jardín, donde depositó a su mascota. Luego vacío un costal de cal sobre su cuerpo y reacomodó la tierra. En esos momentos se estacionó un auto frente a su casa, se trataba de su hermano Miguel quien llegó ante él.

—Buenos días, ¿qué pasó? —preguntó Miguel al ver la escena.

—Algún maldito drogadicto mato a Nitro.

Miguel se quedó en silencio preocupado, él sabía que ese no era un sector donde anduvieran vagos o drogadictos. No le encontraba sentido a la respuesta de su hermano de quien conocía su problema de desdoblamiento de personalidad, mas no quiso molestar con preguntas que pudieran ser impertinentes. Con la habilidad que le indicaba su prudencia desvió de inmediato el tema con una pregunta.

—¿Ya estás listo?

—¿Listo, para qué?

—El juego hermano, el juego de béisbol de los muchachos, recuerda que hoy es su debut.

—El juego, tienes razón, vámonos antes de que se nos haga tarde.

—Muy bien, vámonos.

En esos momentos, los señores MacArthur acompañados de sus nietos llegaban al campo de béisbol, ya estaba ahí el manejador del equipo de los lobos. El señor MacArthur llegó y presentó a sus nietos.

—Buenos días —saludó.

—Buenos días —contestó el entrenador.

—Ellos son mis nietos: él es Bartolo, y él, Daniel.

—Mucho gusto jovencitos. Aquí traje los uniformes con las tallas que me dio su abuelo —Daniel y Bartolo tomaron sus respectivos uniformes.

—Vayan al vestidor, pónganselos ya —dijo el abuelo.

Enseguida se fueron a cambiar, a Daniel le quedo perfecto mientras que ha Bartolo la pantalonera le quedó corta, y la cachucha estaba demasiado pequeña.

—Bueno, creo que tendré que cambiar tu uniforme —dijo el entrenador a Bartolo.

—No, así está perfecto —contestó y se puso la gorra que siempre traía, —su abuelo le dijo:

—Creo que la cachucha no te quedó por ese cabello tan abultado que traes.

—¿Puedo usar mi gorra entrenador?

—No hay ningún problema es del mismo color, aunque creo que te queda un poco grande.

—No, está bien.

—Bueno vamos a calentar que ya están llegando sus compañeros.

Al ver el entrenador que ya estaban completos, los reunió a todos, poco antes de empezar el juego.

—Muy bien muchachos voy a presentarles a nuestros dos nuevos integrantes, a partir de hoy son parte del equipo. ¿Cómo los recibimos?

—Con agrado —dijeron todos al mismo tiempo.

—¿Qué ofrecemos?

—Amistad, apoyo y respeto.

—¿Qué esperamos?

—Amistad apoyo y respeto.

—¿Qué buscamos?

—La victoria.

—Muy bien a ganar.

Arturo y Miguel ya habían llegado, y estaban con el señor y la señora MacArthur. Las palabras del entrenador, no sólo motivaban a sus jugadores, sino también a los familiares de estos.

El entrenador ordenó las posiciones de cuadro, pues empezaba bateando el equipo contrario.

—Todos van a jugar, sólo esperen su oportunidad —dijo el entrenador dirigiéndose a los que habían quedado en la banca, mientras que los demás corrían al terreno de juego.

El ampáyer se reunió con los manejadores de ambos equipos, dio las últimas instrucciones, y fueron a ocupar sus respectivos lugares.

—¡Play ball! —gritó el ampáyer dando inicio al encuentro.

Poco a poco se desarrollaban las acciones, el partido se ponía cada vez más emocionante. Al cierre de la cuarta entrada, el picher de los lobos se encontraba bateando, vio venir una pichada recta y la conectó entre el jardín central y el izquierdo. La pelota se fue hasta el fondo del parque, el corredor pasó rápidamente por primera, dobló por segunda, el mánager de tercera base le indicó que se barriera, ya que el jardinero había hecho un buen tiro: el corredor se lanzó de clavado, cuando llegó la pelota, el tercera base bloqueó la almohadilla en el momento que llegaba el corredor, lo que ocasionó que el jugador golpeara su hombro derecho en la rodilla del tercera base, el rictus de dolor de inmediato se reflejó en su cara. Sin embargo alcanzó a tocar la almohadilla antes de que el tercera base atrapara la pelota.

—¡Safe! —gritó el ampáyer.

De inmediato detuvo el juego para que atendieran al corredor. Pronto entraron a asistirlo, el hombro parecía dislocado, debido al fuerte dolor, ya no pudo continuar en el partido, el entrenador puso a un corredor emergente, mientras que el lesionado era atendido en la banca. El partido se reanudó, la tensión del pícher aumentaba ya que el juego estaba igual a dos carreras por bando, y ya tenía un corredor en tercera base, sin out. El manejador del equipo contrario le pidió a su lanzador darle base por bola al siguiente bateador.

El equipo de los lobos ya tenía hombres en primera y en tercera sin out. La presión aumentaba para el pícher, por su parte el corredor de tercera hacía lo propio tratando de distraer al pícher, despegándose demasiado de la almohadilla. El pícher se preparó, aceptó la seña, lanzó la pelota a gran velocidad, sólo que muy abajo, que se le escapó al receptor, lo que aprovechó el corredor de tercera para anotar la carrera que los ponía al frente tres carreras por dos. Dado el nerviosismo del pícher, su mánager decidió cambiarlo. Movimiento que resultó excelente, pues el otro lanzador dominó con facilidad, sacando los tres outs seguidos, pero el daño ya estaba hecho.Por su parte el entrenador de los lobos estaba preocupado por mantener la ventaja, su pícher ya no podía continuar debido a la lesión en el hombro. Los jugadores salieron al campo, solo faltaba el pícher. Daniel se puso de pie y le dijo.

—Entrenador yo puedo lanzar.

—¿Has lanzado antes?

—No, nunca, pero sé que lanzo muy rápido.

Los aficionados estaban expectantes, por su parte Arturo, Miguel y los abuelos, veían a Daniel hablando con el entrenador.

—¿Qué está haciendo? —dijo Arturo.

—Confía en él —pidió el abuelo y agregó:

—Lanza más fuerte que ninguno de los que yo he visto.

En la caseta, Daniel insistió con firmeza.

—Sólo deme la oportunidad.

—¡A jugar! —gritó el ampáyer.

—Está bien, pero si pones un jugador en segunda, sin out, sales —advirtió el entrenador dándole la pelota.

—De acuerdo —respondió seguro de sí mismo Daniel.

Daniel se dirigió al montículo, desde luego que el entrenador tenía sus dudas, pues nunca lo había visto lanzar. El entrenador respiró profundo y anunció el cambio al ampáyer.

El ampáyer asintió con la cabeza y señaló el cambio al apuntador oficial.

—Tienes doce lanzamientos de calentamiento —le dijo el ampáyer.

Daniel lanzó su primer pelota con una gran velocidad que todos pudieron escuchar la manopla del receptor, el abuelo sonrió satisfecho. Los siguientes lanzamientos fueron de la misma manufactura llamando la atención tanto de su entrenador como del contrario.

—Último tiro —gritó el ampáyer.

El bateador se puso en posición, Daniel preparó su lanzamiento viendo a su receptor, sólo por imitar a los lanzadores de las grandes ligas, pues él no sabía las señas.

—Vamos hermano —gritó Bartolo desde la banca.

Daniel lanzó una pelota rápida por el centro del plato.

—Strike one.

El receptor volvió a ver a su mánager, y retomó la posición haciendo señas por entre sus piernas, enseguida Daniel lanzó una pichada similar y el bateador abanicó.

—Strike two —gritó el ampáyer. El receptor pidió tiempo y fue al montículo con Daniel.

—Lo tenemos en dos strikes, lánzale una curva abajo y afuera.

Daniel asintió con la cabeza, el receptor retomó su posición, le hizo las señas, y Daniel lanzó una recta a gran velocidad por el centro, que el bateador abanicó.

—Strike three, ¡fuera! —gritó el ampáyer, mientras el cátcher fue de nuevo al montículo. El manejador quiso saber qué pasaba y fue con ellos.

—¿Qué pasa Johnny? —preguntó al receptor.

—Está lanzando puras rectas al centro, y a esa velocidad le van a sacar la pelota del parque, ya le pedí curvas, y no.

—No se lanzar otra pichada —expuso Daniel y agregó:

—Y aún no sé las señas.

—Está bien, sólo asegúrate que no te conecten un jonrón —dijo el manejador y fue a la caseta.

Johnny no estaba equivocado, de hecho era el mejor receptor de la liga, sólo que la velocidad de los lanzamientos de Daniel no permitían a los bateadores conectar la pelota, recetando dos ponches seguidos, el tercer bateador conectó una poderosa línea directo a las manos del tercera base, saliendo airoso en su primera intervención. La aceptación de su mánager le dio confianza y no tuvo ningún problema para terminar el juego manteniendo la pizarra con marcador a su favor, tres carreras por dos. El entrenador reunió a todo el equipo en el montículo, todos con su mano derecha al centro.

—¿Qué logramos? —gritó el entrenador.

—La victoria —respondieron a una sola voz.

—¿Cómo?

—Con apoyo y respeto, ¡lobos, lobos, lobos!

Con esta porra daban por terminado el encuentro, Daniel y Bartolo, visiblemente emocionados se dirigieron con su familia. El entrenador les gritó:

—No olviden que a media semana tenemos entrenamiento. Aquí va a estar el de picheo, tienes que practicar en eso —Daniel se volvió y respondió:—Seguro, aquí estaremos.

Daniel fue felicitado por su familia.

—Vaya que tiras duro —le dijo su padre.

—El entrenador me dijo que me iban a enseñar otras pichadas, como la curva, el tirabuzón, el tenedor y no sé qué más.

—Genial no nos perderemos el siguiente juego.

A media semana, sus abuelos los llevaron al entrenamiento, ya que Arturo tenía que atender los trámites correspondientes de la pensión, como lo había manifestado el rector.

El entrenador de picheo instruía a Daniel sobre otros lanzamientos, debido a que los demás hacían sus entrenamientos habituales, Bartolo se ofreció como receptor.

—Quítate el cabello de los ojos, te va a golpear la pelota —pidió el entrenador a Bartolo, que lo usaba muy largo. Enseguida se lo acomodó a un lado, y la gorra al estilo receptor.

—Así está mejor —le dijo el entrenador. Daniel no tenía mucho problema en aprender nuevos lanzamientos, sólo la curva hacia afuera la lanzaba muy abajo, pero Bartolo mostrando una gran destreza no dejaba escapar ninguna.

—Vaya, creo que ya tenemos otro receptor —dijo el entrenador.

Por su parte Daniel aprendió una gran diversidad de lanzamientos, y con su velocidad, pronto fue considerado uno de los mejores pícheres de la liga, juegos después.

—Johnny no va a venir, fue convocado a la selección nacional, estará fuera de la ciudad, por dos semanas, así que... Bartolo ocuparas su lugar —dijo el entrenador.

Bartolo emocionado se levantó de la banca.

—¿Es en serio?

—Por supuesto, va a lanzar tu hermano y te entiendes muy bien con él.

—Excelente.

Expresó Bartolo, con alegría, enseguida se colocó el equipo de receptor, corrió a tomar su posición y antes de colocarse la careta, se volvió a ver a sus abuelos y a su padre, que como ya era costumbre estaban ahí para verlos jugar y sólo habían visto a Daniel, así que ahora tocaba el turno a Bartolo para aprovechar la oportunidad, como la supo aprovechar Daniel, que además de ser un gran lanzador, también se desempeñaba en la primera base y lo hacía bastante bien, así como en el bateo.

El juego dio inicio, Daniel lanzó una poderosa recta por el centro que el bateador vio pasar sin tirarle.

—Strike one —gritó el ampáyer. Enseguida lanzo una curva afuera que le conectaron de hit, con esto el equipo contrario tenía hombre en la primera almohadilla sin out. Su entrenador consideró buena oportunidad para ponerlo en posición de anotar, pues era el más veloz, con un récord de más bases robadas. Daniel preparó el lanzamiento y el corredor se fue al robo de base. Bartolo apenas recibió la pelota, se incorporó lanzando a segunda, su movimiento fue felino y su tiro certero, pues fue directo a la segunda almohadilla.

—¡Out! —decretó el ampáyer.

La jugada dejó ver las grandes aptitudes de Bartolo como receptor, no así como bateador, que en ese juego recibió dos ponches. El partido lo ganaron los lobos gracias al excelente picheo de Daniel, quien al juego siguiente ocupó la primera base, haciendo una excelente labor tanto defensiva como ofensiva, conectando tres hits de cuatro oportunidades; mientras que Bartolo pegaba un hit de cuatro oportunidades. Estaba claro que no era un gran bateador, pero sí un excelente receptor que se había ganado la titularidad, dado que Johnny aceptó una beca para jugar en el equipo de la escuela.

Como titular puso todo su empeño para corregir sus fallas al bateo; sólo le llevó un par de juegos para conectar con solidez y frecuencia la esférica. Sus logros le trajeron una gran seguridad en su persona haciéndolo extrovertido, alegre y dicharachero, bromeaba con frecuencia. Tanto él como su hermano eran considerados de los jugadores más completos de la liga. Su padre los visualizaba a futuro jugando en equipos de las grandes ligas o siendo unos exitosos profesionistas, pues no sólo destacaban en el béisbol, también en la escuela eran unos brillantes alumnos destinados al éxito.

CAPÍTULO CINCO

Tres años después.

Aún no terminaban sus estudios profesionales, cuando decidieron ingresar a la academia de policía. Bartolo recién había cumplido los veintiuno años de edad. Daniel con veintidós y seis meses. Tanto su edad como los créditos logrados en la escuela, cumplían con los requerimientos de selección, entre los aspirantes a ingresar a la academia. Daniel y Bartolo no dejaron a la suerte su deseo de ser seleccionados, estaban muy bien preparados tanto en lo físico como en lo académico, pasando sin ningún problema las pruebas físicas y las escritas.

En la entrevista demostraron un gran sentido común, para lo que el entrevistador, que era un psicólogo, tomaba muy en cuenta, pues el ser policía significaba un sin número de casos que se pueden presentar en la calle y las cuales no están consideradas en un manual. Así complementaron los requisitos de selección, siendo dos de los cincuenta que fueron aceptados, dejando en el intento a más de veinte. El mayor porcentaje de ellos por problemas de personalidad. Ambos felices por su logro, se lo hicieron saber a su padre.

—No, de ninguna manera estoy de acuerdo, terminen sus estudios y dedíquense a su profesión —dijo tajante su padre. Daniel con voz suave tratando de disminuir la negativa de su padre le dijo:

—Padre, estoy seguro que esto es lo que quiero, créeme lo pensé muy bien antes de solicitar mi ingreso a la academia.

Arturo respiró con ánimo de asimilar lo que estaba escuchando, luego preguntó:—¿Tú fuiste el de la idea para ambos?

—No, de hecho nunca comenté con mi hermano mi intención de ser policía.

—¿Entonces?

—Coincidimos en la selección del personal.

—¿Me estás diciendo que por casualidad los dos deciden al mismo tiempo ser policías?

Bartolo que se mantenía sereno tomó la palabra.

—Nada ocurre por casualidad, esto es una causa. Padre con el respeto que usted se merece, queremos continuar, ya lo hemos decidido. Estamos seguros que tenemos la vocación de servicio y las aptitudes para hacer carrera en el departamento de policía.

Arturo aún renuente, preguntó:

—¿Pero por qué de ser precisamente policías, y los dos?

Los hermanos Hernández no contestaron, con su silencio dejaron en claro que cada uno tenía su propia visión sobre el trabajo de policía.

—Vamos papá, es un buen empleo. Además estaremos en la academia por nueve meses. El orientador nos hizo saber que no todos los que entran a la academia terminan, algunos descubren que no es precisamente lo que buscan.

Arturo con gesto de resignación preguntó:

—¿Cuándo empezarán?

—El lunes a las seis de la mañana, y nos dejarán salir el fin de semana. Aquí estaremos.

—¿Qué voy a hacer yo solo? —preguntó en voz baja para sí mismo.

Sus hijos vieron la angustia en su rostro. Bartolo poniendo su mano derecha sobre el hombro de su padre, comentó en tono confortante:

—Papá, en varias ocasiones nos dijiste que es nuestro derecho elegir lo que queremos ser, siempre y cuando fuera algo bueno, para bien de nuestros semejantes, y esto es lo que queremos ser.

Arturo con la cabeza hizo un movimiento de afirmación y comprendiendo que no los podía detener. —Tienen razón hijos, no deben de ser lo que yo quiero que sean, sino ustedes deben ser auténticos y dueños de su voluntad. Yo cuando elegí mi carrera, mis padres tenían otra perspectiva, pero respetaron mi decisión como yo ahora debo de respetar la de ustedes. Así que no me queda más que desearles lo mejor —reflexionó Arturo.

—Gracias papá —dijeron los hermanos al mismo tiempo.

—¿Ya le contaron a sus abuelos? —preguntó Arturo.

—Sí, antes de venir para acá. Llegamos a comer con ellos y platicamos al respecto. La abuela se puso triste pero el abuelo la animó con sus palabras y dijo que estaba seguro de que íbamos a triunfar —contestó Daniel.

—Sí, su abuelo tiene razón, yo opino lo mismo. Adelante.

Daniel y Bartolo con la aceptación de su padre, y la motivación en lo más alto de su ser, se presentaron en las instalaciones de capacitación.

Nueve meses después.

En el marco de una hermosa mañana, la academia de policía de la ciudad de los Ángeles, se vestía de manteles largos: cuarenta cadetes se graduaban como agentes de policía, listos para proteger y servir a la sociedad. El alcalde de la ciudad estaba a cargo de tomar la protesta.

—Juran cumplir y hacer cumplir los estatutos legales que rigen a nuestra sociedad.

—Lo juro —respondieron al unísono los cuarenta elementos, seguido de una fanfarria por parte de la banda que amenizaba la ceremonia, en la cual se les hizo un merecido reconocimiento a los mejores policías de la ciudad, así como el nombramiento de algunos que por su destacado trabajo y méritos propios se habían ganado un ascenso. Como fue el caso del agente Maculen quien fue nombrado capitán de distrito. Los aplausos de sus familiares y las felicitaciones no se hicieron esperar.

—Bien, felicidades —dijo Arturo a sus hijos.

—Que guapos se ven con uniforme —opinó la abuela.

—¡Vaya!, cambiaron su uniforme de béisbol por el de policía —refirió el abuelo.

—No te preocupes abuelo, seguiremos practicando en el parque como cuando nos enseñaste a jugar —dijo Daniel, quien sonriente abrazó a la abuela.

—Bueno que les parece si celebramos la ocasión en un buen restaurante —invitó Miguel.

—Gran idea tío —contestó Bartolo.

Momentos más tarde departían juntos. Daniel y Bartolo se divertían contando algunas anécdotas durante su estancia en la academia; todos reían de las cosas chuscas. De repente a Arturo le vinieron imágenes donde se veía con Frank y algunos otros amigos riendo y bebiendo, situación que lo hizo quedarse completamente serio, Miguel lo notó y preguntó:

—¿Pasa algo?

—No, no te preocupes todo está bien —se apresuró a contestar con una sonrisa forzada. —Y bien —dijo Miguel y preguntó:

—¿En qué departamento les gustaría trabajar?

—Pues, yo no tengo ninguno en especial —dijo Bartolo.

—¿Y tú qué opinas? —preguntó Miguel a Daniel.

—Pues no, ninguno en especial, de hecho creo que en todos le sería útil a la sociedad.

—Bueno cada departamento tiene su particularidad, algunos más conflictivos que otros —dijo Miguel con entero conocimiento de causa, tanto por su profesión como por su gran amistad con el fiscal.

—Yo creo que poco a poco, en la medida que desarrollen su trabajo irán encontrando su vocación —intervino el abuelo.

El Crimen de Linda MacArthur

Arturo mantenía absoluto silencio: parecía ausente. Miguel cambió la conversación y el convivio continuó con charlas que nada tenían que ver con el futuro trabajo policiaco de Daniel y Bartolo. Daniel les dio la noticia que se mudaría a vivir con su novia.

—¡Vaya!, que guardadito te lo tenías —dijo Bartolo.

Daniel sólo mostró una sonrisa.

Días después patrullaban las calles, cada uno en diferente sector de la ciudad.

Daniel siendo copiloto, realizó su primera intervención cuando su compañero se detuvo para revisar a un joven que a su parecer tenía una actitud sospechosa.

—Ven para acá, ¡pon las manos en el cofre! —ordenó el oficial y el joven obedeció.

—No estoy haciendo nada malo —argumentó el joven.

El oficial procedió a revisarlo, sacándole sus pertenencias de los bolsillos; tomó la cartera para buscar una identificación, pero no nada más sacó la identificación, también un billete de cien dólares que con una habilidad extraordinaria, dobló entre sus dedos. El joven no lo vio, pero Daniel sí. El oficial dijo enseguida:

—Está bien, recoge tus cosas y vete, no te quiero ver rondando por aquí.

El joven recogió sus pertenencias, las metió en sus bolsillos y se fue.

—Vamos a desayunar compañero, yo invito —dijo el oficial a Daniel quien no respondió nada.

Al estar desayunando. Daniel comía en silencio, su compañero comentaba asuntos triviales pero Daniel no entró en la conversación, al terminar, Daniel pidió la cuenta por separado.

—No, no compañero, yo invité —dijo el oficial.

—De ninguna manera puedo aceptar, yo pago lo mío —respondió con cortesía Daniel. Al finalizar el turno, su compañero rindió un corto informe de las actividades del día que reportaba sin novedades. Daniel se dirigió a la oficina de su jefe superior.

—Me permite.

—Por supuesto Daniel pasa.

—Sabe jefe, me siento muy bien en este departamento, sin embargo, considero necesario solicitarle mi cambio de compañero.

—¿Algún problema con él?

Daniel guardó silencio pensando en qué contestar, ya que su compañero tenía mucho tiempo en ese departamento bajo las órdenes del mismo jefe, quien notó la prudencia de Daniel.

—Está bien no te preocupes, mañana te asigno a otra unidad.

—Gracias señor con su permiso.

Al día siguiente, mientras Daniel patrullaba con otro compañero, se escuchó en la frecuencia del radio, el asalto en proceso a una institución bancaria, con tal suerte que Bartolo y su compañero iban pasando frente al lugar, viendo salir a los asaltantes con pistola en mano cargando un costal de lona donde llevaban el dinero, quienes al ver la patrulla se echaron a correr.

Bartolo al verlos se bajó de inmediato y por la prisa con que lo hizo cayó al piso, incorporándose de inmediato, dejando tirado su radiotransmisor y su gorra de policía, su largo cabello le cubría los ojos. Atravesó la calle sorteando los vehículos para ir tras los delincuentes, los cuales se metieron a una escuela, y se brincaron al otro lado donde estaba un terreno de autos desmantelados.

Bartolo ya cerca de ellos, dio tremendo salto para subirse a la barda, en ese momento se escucharon varias detonaciones de arma de fuego que hicieron pensar en lo peor al compañero, quien de inmediato pidió refuerzos, en sólo unos minutos llegaron más unidades. Daniel fue uno de los primeros, sus compañeros tomaban todas las precauciones, pues subirse a la barda los dejaba como blanco fácil para los delincuentes, sin embargo Daniel debido a la preocupación que sentía por su hermano, trepó de inmediato. Desde lo alto de la barda no vio a nadie, se desplazó por entre los carros chatarra y se dio cuenta que los delincuentes ya no estaban, pero Bartolo tampoco. Enseguida los demás policías empezaron a brincar la barda en busca de los delincuentes y de su compañero, sin embargo y después de una intensa búsqueda, no fue posible localizarlos, enseguida se pidió el apoyo aéreo del helicóptero, sin obtener ningún resultado.

El director de la corporación preocupado por la vida del agente, los reunió para organizar un operativo de búsqueda, puso un mapa de la zona sobre el cofre de una patrulla y mientras daba instrucciones, vieron llegar a Bartolo caminando, con una paleta de dulce color rojo en la boca, tan despreocupado como si nada hubiera ocurrido, el director le preguntó:

—¿Qué pasó contigo? ¿Te soltaron los asaltantes o qué?

—Nunca me agarraron, bueno de hecho yo nunca los alcance.

—Entonces ¿dónde has estado? porque te buscamos por todos lados.

—Hum, bueno, resulta que cuando brinque para subirme a la barda, se me rompió el pantalón y fui a mi casa a ponerme otro.

—¡Ah, qué bien!, y nosotros preocupados pensando que te tenían ellos.

—No, de hecho esos tipos tuvieron suerte de que no los atrapara.

—Vayan todos a trabajar, que los de asaltos se hagan cargo, y quiero un informe de todo, ¡entendieron!

Los policías, abordaron sus unidades para retirarse, Daniel se acercó a Bartolo, quien al verlo encogió los hombros haciendo un movimiento de disculpa le dijo:

—Lo siento hermano, no fue mi intención preocupar a nadie, mucho menos a ti.

—No te preocupes, lo bueno fue que no te pasó nada, de hecho creo que lo del pantalón te salvo la vida. De lograr subir a la barda hubieras sido un blanco perfecto para los asaltantes.

—Tienes razón hermano.

Mientras ellos platicaban, el director daba órdenes al teniente de Bartolo.

—Teniente ponlo a disposición del departamento de archivo.

—Señor, no cree que esté exagerando, digo, porque el muchacho tiene poco que salió de la academia.

—Sólo ponlo unos meses luego lo regresas a patrullar las calles.

—Está bien.

El director se subió a su vehículo, el teniente llamó a Bartolo.

—Bueno hermano, después te platico porque el teniente no tiene buena cara —dijo Bartolo a Daniel, y fue con el teniente aún con la paleta de dulce en la boca

—Sí señor.

—Veo que no nada más fue su radio lo que perdió, ¿dónde está su arma?

—Hmm, bueno, creo que se me cayó cuando perseguía a los asaltantes.

—Está bien, vaya a la oficina, quiero un reporte completo, en cuanto lo termine, se va a su casa y mañana a las ocho se presenta al departamento de archivo.

—Perfecto señor —respondió Bartolo y se retiró, Daniel se acercó a él.

—¿Cómo te fue con el jefe?

—Bien, me asignó al departamento de archivo.

—No es tan malo.

—No claro que no, eso de andar patrullando las calles creo que no es para mí.

—Opino lo mismo.

—Pero tú eres un buen policía.

—Tal vez, pero creo que con los compañeros equivocados, sé que hay buenos y hay malos, pero las acciones de los malos perjudican la imagen de toda la corporación.

—Estoy de acuerdo contigo, hermano.

—¿Y en qué viniste?

—En el autobús —Daniel sonrió.

—Sube nosotros vamos a la oficina, ya terminamos nuestro turno.

—Gracias.

Al llegar, Bartolo se ocupó haciendo el informe, mientras que Daniel fue a la oficina del teniente con quien duro más de quince minutos hablando, luego salió y se retiró. El teniente llamó de uno por uno, a todos los agentes de su departamento.

—Pasa cierra la puerta. ¿Qué opinión me das de Daniel? —preguntó

—Es un excelente policía señor, un buen compañero.

—Gracias te puedes retirar pásame a otro.

Así cuestionó a los elementos de su departamento, cuya respuesta era la misma, todos coincidían en que Daniel era un excelente policía y gran compañero. El teniente realizó un informe, tomó su expediente y se lo presentó al director, quien leyó con atención.

—Se graduó con las más altas calificaciones, fue reconocido como el mejor de su generación.

—Así es señor, y en el servicio es muy disciplinado con una honestidad incuestionable, creo que es la razón que no se sienta cómodo con sus compañeros.

—Muy bien, transfiérelo al departamento de asuntos internos.

—Voy a perder a un gran elemento.

—Así es, y ellos tendrán un buen agente.

—Con su permiso señor —dijo el teniente, y al tratar de agarrar el expediente de Daniel.

—Déjamelo aquí —pidió el director. Al día siguiente Daniel recibía la notificación de parte de su teniente.

—Me gustaría que te quedaras.

—Se lo agradezco, ha sido un placer trabajar bajo sus órdenes.

—El placer ha sido mío.

Daniel salió de la oficina y de inmediato fue a presentarse con el jefe de asuntos internos.

—Bienvenido Daniel, pasa, toma asiento, tengo excelentes referencias tuyas. Mañana te presentaré al grupo, ¿tienes alguna pregunta?

—No, creo que no.

—Muy bien, entonces te espero a las ocho, sin uniforme. Aquí no se usa.

—Muy bien señor, aquí estaré.

A la mañana siguiente Daniel llegó a la oficina vistiendo un elegante traje de corte italiano, el jefe de asuntos internos lo presentó a sus nuevos compañeros con quienes desde un principio tuvo una extraordinaria afinidad, tanto en sus conductas como en sus ideas. Los primeros expedientes de investigación que le asignaron fueron relativamente sencillos. Pronto se ganó la confianza de su jefe, quien le fue asignando expedientes cada vez más complejos que despertaban su interés por resolverlos.

Tres meses después, Bartolo fue llamado a la oficina del teniente, vestía un pantalón de mezclilla rasgado de las rodillas, una playera blanca con estampado, tenis tipo deportivo color blanco y su clásica gorra de beisbol.

—Dígame señor.

—Bueno Bartolo, creo que ya tuviste el castigo suficiente, ya te puedes reincorporar al departamento el día de mañana.

—Señor se lo agradezco pero creo que estoy bien en el departamento de archivo.

—¿No quieres regresar a patrullar?

—De ser posible señor, que me quede donde estoy, se lo agradecería.

—¡Vaya! ningún joven policía quiere estar congelado en archivo, pero por mí no hay ningún inconveniente, se lo comunicare al director.

—Gracias, ¿puedo regresar a archivo?

—Sí, yo trato el asunto.

—Con permiso —dijo Bartolo y regresó a su área de trabajo, mientras tanto, el teniente llegaba a la oficina del director.

—Me permite señor.

—Adelante.

—Señor, sólo para informarle sobre el asunto del oficial Bartolo, quien por órdenes suyas fue enviado al departamento de archivo.

—Sí, lo recuerdo, el asunto fue muy comentado en toda la corporación, por lo del incidente aquel del pantalón roto.

—Así es señor, se cumplió el tiempo que usted determino. Hoy hablé con él para que se reincorporara a mi departamento y me solicitó quedarse donde está.

—Tome asiento teniente. El jefe del departamento de archivo, me ha enviado reportes sobre el joven diciendo que es un extraordinario analista, le gustan los enigmas y disfruta con resolverlos. Sus dictámenes han servido para esclarecer casos de los archivos que estaban sin resolver, inclusive los federales han solicitado algunos dictámenes de él. Dados los resultados, el jefe de archivo le solicitó un aumento de salario, y su permanencia de forma definitiva, y con lo que usted me dice, pues creo que así será. Ese joven se quedará como analista en el departamento de archivo.

—¡Vaya!, no me lo hubiera imaginado, con permiso señor.

El teniente se retiró sin dar mayor importancia al asunto.

El director dio su aprobación y momentos después el jefe del departamento de archivo le daba la noticia a Bartolo.

—Tu solicitud ha sido aprobada, así como mi petición de un aumento en tu sueldo, ¡felicidades!

—Muchas gracias señor.

—No tienes que agradecerlo, te lo has ganado.

—Gracias señor.

En esos momentos sonó su teléfono.

—Bueno.

—¿Cómo estás hermano?

—Más que excelente, me acaban de notificar mi transferencia permanente al departamento de archivo, y además me aumentaron el sueldo.

—¡Felicidades!

—Y tú ¿Cómo te has sentido en asuntos internos?

—Muy bien, también lo considero definitivo, somos un gran equipo.

—Hablando de equipo, que te parece si el fin de semana nos vamos al parque, invitamos a mi papá y pasamos por los abuelos, nos llevamos las cosas de beis para entretenernos un rato.

—Me parece una excelente idea.

El domingo en la mañana, la familia compartía en el parque. Daniel tomó el bate, y Bartolo se puso el guante, agarró la pelota y se colocó la gorra. Al respecto le dijo Daniel:

—Te voy a comprar una nueva.

—¡Qué te pasa!, nunca vas a encontrar una mejor que esa —dijo Arturo sonriendo.

—Mi padre tiene razón, ésta es especial —afirmó Bartolo, mientras ellos sonreían y se divertían.

CAPÍTULO SEIS

En el lado Este de la ciudad una mujer se acercaba caminando a la parada del autobús.

—¡Oh, Dios mío! —exclamó al ver un cuerpo tirado en medio de un charco de sangre.

De inmediato llamó al número de emergencia. El despachador que atendió la llamada envió unidades al lugar, los policías no tardaron en llegar verificando el reporte: se trataba de una persona del sexo femenino.

Al lugar arribó una unidad de paramédicos quienes al revisar el cuerpo determinaron que la mujer estaba muerta. Los policías notificaron a la estación procediendo a acordonar el área, momentos después llego el teniente López con los elementos del departamento de homicidios para hacerse cargo de las investigaciones. A pesar de revisar minuciosamente el lugar no encontraron pistas ni evidencias. En el momento no fue posible saber la identidad de la víctima, ya que no traía ninguna pertenencia consigo, por lo que el teniente determinó un posible asalto. Ordenó el levantamiento del cadáver para ser llevado a la morgue como femenino desconocido.

Después de realizarle la autopsia de ley, el dictamen del forense señaló como causa de muerte, choque hipovolémico producido por arma punzocortante, al parecer una navaja de doble filo, con trayectoria de abajo hacia arriba. El teniente se dirigió a la morgue y preguntó al forense sobre el cuerpo.

—¿Tenemos algo Doctor?

—Sí, una completa similitud en los seis últimos casos, misma cantidad de heridas, en la misma zona del cuerpo y con la misma trayectoria.

—Y para colmo, las tres últimas en el mismo sector —dijo el teniente.

—¿Algún sospechoso teniente?

—No, ninguno, no hay testigos, no hay evidencias. El director está muy preocupado por esta situación.

El teniente no estaba equivocado con su comentario, pues en ese momento le llamó el director.

—Sí señor.

—Teniente, quiero que venga inmediatamente a mi oficina.

—Enseguida —terminó la llamada y comentó:

—Ya me lo imaginaba, nos vemos Doc.

—Que le vaya bien teniente.

El teniente salió de la morgue y se dirigió a la oficina del director, quien ya lo esperaba.

—Pasa teniente, el capitán Maculen aquí presente, ha sido asignado a reforzar el patrullaje en la zona Este, ya son varios los homicidios y no podemos permitirlo. Ponte de acuerdo con él, conoce muy bien el sector, también quiero que saques copias de los últimos casos y se los mandes al departamento de archivo, necesito un análisis a fondo, necesitamos un perfil, alguna idea. La prensa está presionando al alcalde, le hacen mención que toda una corporación dedicada al cuidado de la seguridad de los ciudadanos no podemos con un loco que asesina por placer. El alcalde no ha respondido a sus comentarios, quiere resultados de nuestro trabajo. Lo está exigiendo, tal cual debe de ser, si necesitas más elementos házmelo saber, ¿alguna pregunta?

—No señor.

—Muy bien, a trabajar.

El capitán Maculen aumentó al doble el personal de patrullas, ciertamente los hechos delictivos disminuyeron considerablemente, pero a pesar del reforzamiento de la vigilancia, el asesino no se amedrentó. Ya que la mañana del domingo fue localizado el cuerpo de otra mujer asesinada en el mismo sector, cuyas características indicaban que el móvil había sido el asalto pues no se localizó ninguna pertenencia.

Los crímenes de mujeres no cesaban en el lado Este, situación que tenía alarmados a los vecinos de ese sector y ocupadas a las autoridades con quienes el licenciado Miguel Hernández mantenía una estrecha comunicación. El teniente López con su vasta experiencia sabía que el asesino le llevaba ventaja, no dejaba evidencia alguna en el lugar de los hechos.

Esta vez, el director acudió a la escena del crimen, y al ver a la víctima, externo bastante molesto.

—No voy a tolerar que siga pasando esto, ¿tienes algo teniente?

El teniente López movió la cabeza de un lado a otro en señal negativa.

El director con gesto decisivo tomó su celular y marcó. Mientras que los de la unidad forense realizaban el levantamiento del cadáver.

CAPITULO SIETE

En la hermosa playa de Santa Mónica un teléfono celular no dejaba de sonar, cerca de él, su propietario, un sujeto con short estilo bermudas, recostado en una silla de plástico multicolor reclinable, cubriendo sus ojos con unos lentes obscuros, disfrutaba de la brisa del mar y parecía ignorar la llamada, más por su insistencia, decidió contestar.

—Bueno.

—Tony.

—¿Quién habla?

—Roberto, ¿me recuerdas?

—Claro viejo, como olvidar aquellas aventuras que pasamos juntos.

—Recuerdas aquello de "Por amor a la humanidad".

—Sí, era la razón de nuestra misión.

—Muy bien, pues necesito pedirte un favor "Por amor a la humanidad".

—Siendo así, cuenta conmigo.

—Te espero en mi oficina.

—¿Y dónde está tu oficina?

—Dirección general de la policía de los Ángeles.

—¿De modo que eres el director de la policía de los Ángeles? ¿en el edificio del centro?

—Exactamente.

—Muy bien por ahí te veo mañana después de mediodía.

—No, ahora en treinta minutos.

—Es domingo, viejo.

—Para ti, todos los días son domingos.

—Está bien —concluyó Tony, quien respiró profundo mirando el mar, recogió una toalla y unas sandalias, caminó por la arena hasta llegar a su motocicleta tipo crucero para dirigirse al centro de la ciudad.

Roberto ya estaba en su oficina cuando llegó Tony, quien estacionó su motocicleta y dejó la toalla sobre el asiento, con el estilo único de un turista calzando sus sandalias y vistiendo bermudas de colores con una playera de tirantes, caminó por los pasillos hasta llegar a la oficina de su amigo.

—Tan puntual como siempre —le dijo el director recibiéndolo con un abrazo afectuoso.

Ambos pasaron a la oficina y Roberto cerró la puerta.

—¿Cómo has estado? —preguntó el director con una sonrisa dibujada en sus labios, denotando el gusto que sentía por verlo de nuevo. Tony se recargó en un escritorio y cruzó los brazos.

—Excelente.

—Si, ya veo. Luces como en aquellos años. Y los demás ¿has sabido algo de ellos?

—La última vez que supe de ellos estaban bien disfrutando de su pensión.

—¿Crees que puedas localizarlos?

—Sí, tengo sus números de teléfono. ¿Planeas alguna reunión del recuerdo?

—No, precisamente.

—A propósito tú te miras muy bien, el traje te sienta perfecto ¿qué tal este trabajo?

—De eso quiero hablarte. Es una gran responsabilidad estar a cargo de la seguridad de una ciudad como ésta.

—Estás capacitado para eso y para más, siempre lo demostraste en todas las misiones, y vaya que eran peligrosas.

—Teníamos ubicado el objetivo y los de inteligencia nos proporcionaban la logística. Aquí es diferente. Sabes... últimamente se han incrementado los asesinatos, y de acuerdo al forense y al reporte de los analistas, varios con las mismas características. El asesino se confunde entre la gente como un ciudadano común.

—¿Un asesino en serie?

—Tal vez, o alguna secta.

—Me parece muy extremo.

—El alcalde está muy preocupado. Considera que los métodos de la policía han sido rebasados. Me sugirió que formara un grupo especial para frenar esto a como dé lugar. En la corporación hay muy buenos detectives, pero sólo se tienen conjeturas, creo que necesitamos enfrentar la situación de otra manera.

—Sí, ya veo.

—Quiero que te hagas cargo del nuevo grupo, y termines con esto. "Por amor a la humanidad" —dijo Roberto poniéndose de pie, extendiendo la mano derecha, sosteniendo la taza de café. Toni hizo lo mismo y respondió:

—"Por amor a la humanidad".

Después de un momento de silencio, preguntó:

—¿Cuándo empezamos?

—Ya.

—¿Ya?

—Sí, ahora mismo —respondió el director.

Abrió un cajón de su escritorio y tomó una pistola escuadra, calibre nueve milímetros, color negro, una placa y una tarjeta que le firmó al reverso. Se las proporcionó y le dijo:

—Con esto te darán lo que necesites.

—¿Y los de mi grupo donde están?

—Tú los escogerás.

—¿Tienen que ser del departamento?

—No precisamente. Tienes libertad de seleccionarlos, los de archivo y análisis te pueden ayudar con los expedientes de acuerdo al perfil que los necesites, en caso que elijas agentes de la fuerza.

—Muy bien, aunque no dudo de la eficiencia de tus elementos, no creo que sea muy conveniente, pues no conozco a ninguno —comentó Tony.

—Estoy de acuerdo contigo —respondió el director.

Enseguida Tony marcó por teléfono.

—Bueno —le respondieron.

—Saulo, soy yo hermano.

—Tony, ¡qué milagro!, ¿qué me cuentas?, ¿a qué te dedicas ahora viejo?

—Igual que tú, me imagino, a nada. Bueno hasta ahora que me llamó Roberto.

—¿Roberto? ¿Y él a que se dedica?

—Es el director de la policía de los Ángeles.

—¿En serio? ¡Qué bien!, a ver si nos da un trabajo.

—Ya nos lo dio, por eso te llamo.

—No, No, No, yo sólo bromeaba.

—Pues él no. Me pidió que dirigiera un grupo especial.

—¿Y eso para qué o qué?

—Luego te platico, ¿cuento contigo?

—Claro, viejo.

—Bien, mañana te espero en las oficinas centrales del departamento de policía.

—Ahí estaré —concluyó la conversación.

Saulo puso su celular en el piso y siguió recostado meciéndose en una hamaca ubicada a un lado de la puerta de su casa. Tony marcó por teléfono contactando de la misma manera a otros cuatro amigos a quienes citó a las ocho de la mañana. Una vez que se puso con todos de acuerdo término las llamadas.

—Muy bien, creo que ya empezamos. Los muchachos aceptaron, aquí estaremos mañana, iré a descansar —dijo Tony.

—Gracias sabía que podía contar contigo —agradeció Roberto, y se despidieron de un abrazo.

Tony salió de la oficina. Esa noche fue a un viejo armario y sacó un pequeño baúl de madera donde tenía una gran cantidad de fotografías, las veía de una por una recordando a todos sus amigos, a quienes ya tenía tiempo sin ver. Después se recostó en la cama mirando al techo donde la hélice del ventilador se confundía con el circular de las hélices del helicóptero de sus recuerdos, seguidos de un profundo sueño.

Al día siguiente, Tony vistiendo pantalón de mezclilla, botas negras de motociclista, una playera negra con estampado al frente de una calavera y una chamarra de piel color negra, así como unos lentes obscuros, llegó al departamento de policía. Eran las seis de la mañana. Enseguida se dirigió al banco de armas y mostró la credencial que Roberto le había proporcionado.

El encargado tomó la tarjeta y realizó una llamada después de unos instantes, colgó el teléfono para proporcionarle todo tipo de armamento que Tony solicitaba. Lo mismo hizo con el parque vehicular, escogiendo carros y suburban sin identificación policial.

A las siete treinta fue a la oficina de Roberto a esperar a sus amigos, los cuales fueron llegando antes de que dieran las ocho. Todos se saludaban con afecto demostrando la gran amistad que los unía, charlaron a puerta cerrada recordando sus viejos tiempos. Los oficiales del departamento, así como la secretaria, podían escuchar las carcajadas que salían de la oficina del director. Momentos más tarde, se escuchó al unísono de todos ellos.

—¡Por amor a la humanidad!

El personal se volvió a la oficina del director. Después de un momento de silencio, irrumpió Roberto.

—Muy Bien a trabajar.

—Sí, señor —contestaron al mismo tiempo.

—Yoli, hágame un oficio dirigido al jefe de archivo. Quiero al mejor analista para que se ponga a disposición del comandante del grupo especial —pidió el director a su secretaria.

Ella acató la orden de inmediato llevando personalmente el oficio al departamento de archivo. Momentos más tarde llegó Bartolo ante la secretaria.

—Hola Yoli, me mando el jefe.

—Hola Bartolo, mira él es el comandante del nuevo grupo —señaló

—Gracias —contestó Bartolo, y se dirigió con Tony.

—Buenos días señor, soy el analista del departamento de archivo. Estoy a sus órdenes.

—Bien, voy a necesitar información de algunos archivos de homicidio.

—Lo que necesite señor, ¿algún análisis en particular?

—Sí, empezaremos con los que tengan características similares.

—¿De cuánto tiempo a la fecha?

—De los siete más recientes —dijo Tony y se quedó pensando un momento.

—¿De cuánto tiempo tienes?

—De algunos años.

—Está bien, de los más recientes.

—Con permiso señor.

Bartolo se retiró a su oficina, mientras que Tony se quedó dando instrucciones a sus amigos, ahora todos integrantes del nuevo grupo policíaco.

—Muy bien equipo, necesitamos familiarizarnos con estos asuntos, teniente —llamó al jefe del departamento de homicidios.

— Sí, señor.

—Sería tan amable de ponernos al tanto.

—Claro que sí. Pasemos al salón de instrucción.

El teniente llamó a sus elementos y empezó a explicar los más recientes casos, el tema trataba los crímenes sin resolver. Tony y su grupo, vestidos como unos motociclistas rebeldes, mostraban singular interés en el asunto, mientras que los agentes del departamento de homicidios vestían de traje. Al salón llego Bartolo con la información que Tony le había solicitado.

Mientras que el teniente continuaba con la exposición de los casos, Tony leía en silencio. El teniente término con su explicación, Tony tomó la palabra.

—Gracias teniente —agradeció y dirigiéndose a Bartolo continuó.

—El análisis de estos expedientes, me resulta por demás interesante. Sería tan amable de ahondar más en el tema, hay algunos términos que no logró comprender —pidió a Bartolo, quien con voz cordial y alegre expuso.

—Algunos expedientes nos indican la similitud de los casos. Tienen toda la intención de exhibir la esencia, más no la causa. Estamos hablando de un sujeto que conoce el efecto disfrutado con frivolidad natural, sin embargo sus movimientos son simples, sus víctimas son vulnerables, aunque ninguna de la vida nocturna, ni que tenga relación con las drogas. Efectúa la acción sin pensar en la reacción, aprovechando toda oportunidad en la forma más profunda de su intuición, y la confianza que adquiere multiplica el margen de error, donde radica la resolución del asunto.

Ante la exposición de Bartolo, Tony notó que algunos no entendieron, pues sus rostros estaban perplejos, y tratando de dejar en claro el concepto del mejor analista de la ciudad, pidió.

—¿Me lo puede dar por escrito?

—¿A qué se refiere?

—A su perspectiva de los casos.

—Los hilos del alma son muy delgados, conducen la más pura energía, emociones y sentimientos, pero no tinta. Confunden los sentidos y ciegan el razonamiento, sin importar las consecuencias. Sólo la fusión del instinto y la sed meciéndose en el péndulo del tiempo —expuso Bartolo. La mayoría quedó igual que al principio.

—¿Y eso que significa? —preguntó Saulo.

—Que es algo que requiere reflexión y no lo escribirá en un papel —expuso Tony, ante una perspicaz sonrisa de Bartolo como si le divirtiera algún pensamiento. Sin decir ya más, abandonó el salón.

El teniente López, dio por terminada su intervención.

—Con su permiso señores.

Salió al igual que los agentes de su departamento. Ahí se quedó Tony con su grupo para darles instrucciones.

—Muy bien equipo. Vamos a ubicarnos en la zona Este de la ciudad, dejaremos que ellos sigan con sus investigaciones.

A partir de ese momento todos por separado, a bordo de sus motocicletas, rondaban las calles del sector Este, reconociendo el terreno y familiarizándose con sus actividades. Después de unos días, se reunieron de nuevo en el salón de instrucción para intercambiar opiniones y compartir información e ideas, pero su reunión fue interrumpida por el teniente López.

—Comandante tenemos otro evento.

—¿De qué se trata teniente?

—Al parecer homicidio.

De inmediato salieron a bordo de vehículos particulares dejando ahí sus motocicletas. Al llegar al lugar, Tony se acercó al cuerpo que yacía tirado en medio de un charco de sangre; tocó el cuello de la víctima y las heridas con las yemas de sus dedos; recorrió lentamente la vista por el rostro y por todo el cuerpo. Marcó una línea en la tierra a la altura de la cabeza de la víctima, otra al nivel de los pies, luego camino entre ambas líneas.

—Humberto, ¡revisa la temperatura ambiente!

El Crimen de Linda MacArthur

Mientras Tony rastreaba unas pisadas, Humberto colocaba un aparato en el lugar, tomando nota de la temperatura. Enseguida se la proporcionó a Tony quien llamó a su grupo.

—Muchachos, no tiene mucho tiempo que sucedió el crimen. La víctima no tiene consigo nada de valor, fue asaltada, las heridas son de navaja, y por las huellas, huyo caminando. Está aquí cerca. Vámonos. Teniente, hágase cargo —dijo Tony.

Enseguida tomó un radiotransmisor y llamó a la central de policía solicitando unidades. Momentos después llegaron alrededor de veinte patrullas a cargo del capitán Maculen quien recibiendo órdenes de Tony, las colocaron estratégicamente cerrando las calles del perímetro. De inmediato organizó un operativo de búsqueda, señalando como sospechoso a un hombre de una estatura entre el metro setenta y cinco centímetros, y el metro ochenta, con posibles huellas de sangre recientes. Tanto los policías uniformados como los elementos de su grupo, se avocaron a la búsqueda del asesino. Fue la mayor persecución que se haya visto en el Este de Los Ángeles, irrumpiendo domicilios y cuestionando sospechosos. En el pasillo de un edificio de apartamentos, un chico asustado con su espalda contra la pared vio azorado a Saulo, quien comprendió el temor del niño y le mostró la placa de policía. Lentamente en voz baja le dijo:

—Soy de los buenos, ¿viste donde se metió?

El chico no habló, sólo miro fijamente a un departamento de mal aspecto.

Su actitud fue suficiente para que Saulo fuera al departamento y pateara la puerta. Al abrirse, el sujeto que estaba en el baño se abalanzó contra él, y con navaja en mano trató de lesionarlo. Saulo lo sometió con fuerza y habilidad, arrojándolo al piso para golpearlo con puntapiés en el rostro y en las costillas. Tony llegó acompañado de Humberto y de Rodrigo, quienes le pusieron las esposas al sospechoso, salvándolo de una inminente paliza. Subieron al sospechoso a una patrulla para llevarlo a las instalaciones policíacas, donde lo metieron al cuarto de interrogatorio. Inmediatamente argumentó su derecho a guardar silencio y a realizar una llamada telefónica.

El director le autorizó hacer la llamada. Después llegó Saulo y ante la negativa del sospechoso de contestar las preguntas, lo levantó violentamente de la silla, golpeándolo en el ensangrentado rostro, al otro lado del vidrio. El director comentó con Tony.

—Veo que no ha cambiado mucho.

—No ha cambiado nada —contestó Tony.

En esos momentos llegó un hombre de traje con un maletín negro de donde sacó unos papeles que le mostró al director, pidiendo entrar a acompañar al sospechoso. Después de leerlos, el director accedió.

—Déjenlo pasar.

—¿Y este quién es? —preguntó Tony.

—Es el abogado Hernández, íntimo amigo del fiscal.

Al escuchar esto, Tony le pidió a Saulo que saliera del cuarto. El sospechoso escupió a sus pies riendo sarcásticamente. Saulo se enfureció y se acercó a él diciendo:

—Te juro que te voy a matar. Ratas como tú no deben existir —y salió.

Por su parte, el abogado sacó de su maletín unos documentos que entregó a Humberto, él salió del cuarto de interrogatorio y se los entregó al director, quien al leerlos, ordenó:—Suéltenlo, que se vaya.

—¿Qué pasa? Él es el asesino. Lo encontré lavándose las manos, quitándose la sangre, tenía la navaja. Estoy seguro que él la mato.

— Si yo también lo creo, pero los argumentos del abogado son válidos. No tenías orden judicial, ni siquiera se le leyeron sus derechos, el arresto fue ilegal. Necesitaremos algunas pruebas —dijo el director al momento que salía el sospechoso con una sonrisa y una actitud burlesca hacia Saulo, el cual le dijo:

—No te saldrás con la tuya, maldito. Te voy a matar.

Todos escucharon la amenaza. El abogado tomó del brazo a su cliente y salieron.

Por su parte, los agentes del departamento de homicidios a cargo del teniente López reunían evidencias en contra del sospechoso. El forense confirmó que los rastros de sangre encontrados en la ropa del sospechoso pertenecían a la víctima, así como las huellas de sus zapatos coincidían con las huellas encontradas en el lugar del crimen. Con estas evidencias se solicitó la orden para su arresto, la cual incluía registrar su departamento e investigar alguna relación con otras víctimas, misma que le fue concedida tres días después. Ya con la orden judicial en su poder, el teniente López acompañado de tres agentes de su grupo, se presentaron al domicilio del presunto.

Después de llamar en varias ocasiones sin recibir respuesta, decidieron entrar forzando la puerta, y encontraron al sospechoso tirado en medio de un charco de sangre. La sala estaba en completo desorden, el sillón volteado, algunos cuadros de pared en el piso, una lámpara quebrada y sobre el buró, algunas piezas de joyería de oro, así como algunos billetes. El cuerpo tenía muy golpeado el rostro.

—Está muerto, parece que alguien se nos adelantó —dijo el teniente.

—Vamos a ver que encontramos, porque al parecer el móvil no fue el robo.

Realizaron una minuciosa búsqueda de evidencias: sólo encontraron una navaja ensangrentada. Los investigadores buscaban algo más que lo vinculara con otros casos y pistas que les sirvieran para determinar quién se encargó de terminar con la vida de aquel sujeto, cuyo historial era altamente delictivo. El teniente reportó el hallazgo a la central policiaca para que enviaran a la unidad forense. Un policía del sector que desalojaba a los curiosos se acercó al teniente.

—Teniente, este llavero estaba tirado en el pasillo.

El teniente lo miro por un instante luego ordenó:

—¡Prueba esas llaves en la puerta!

El policía obedeció, y una de las llaves correspondía a la puerta principal del departamento. El teniente respiró profundo, en esos momentos llegaron los elementos del forense y peritos, quienes se hicieron cargo de fijar la escena del crimen y levantar el cuerpo para llevarlo a la morgue. El dictamen del forense determinó como causa de muerte choque hipovolémico producido por arma punzocortante. Dictamen que quedó asentado en el expediente enviado al director, quien al momento de estarlo leyendo, llegó el jefe de asuntos internos acompañado de dos agentes.

—Pasen tomen asiento, el fiscal no debe de tardar, ¿gustan un café? —ofreció el director.

—Sí, claro.

—Yoli, sírvanos café por favor y llame al comandante del grupo especial y al teniente López, por favor.

—También yo quiero café —pidió el fiscal que entraba en ese momento. La secretaria llamó a Tony y al teniente quienes no tardaron en llegar. Una vez que la secretaria sirvió el café.

—Gracias Yoli, se puede retirar ¡cierre la puerta por favor! —dijo el director.

El jefe de asuntos internos sin ambages y con voz firme, abordó el tema.

—Señor director, sabemos de la presión actual que pesa sobre el departamento de homicidios, sobre todo por los crímenes sin resolver. Sin embargo quien ejerce la ley no puede estar por encima de ella. No nos corresponde considerar, por bien los resultados que surgen de un método rudimentario, y no estoy haciendo ninguna acusación, pero en estos momentos, es necesario que nos proporcione información sobre los elementos de su nuevo grupo, ya que no hemos encontrado ningún expediente de ellos en la corporación, o hay alguna clasificación o permiso para que actúen fuera de la ley.

—No, por supuesto que no —contestó el director.

—Yo soy su comandante en jefe, responsable de ellos y esta misma tarde le hago llegar la información que necesite, no hay ningún problema —

—Gracias comandante, se los puede entregar al agente Daniel Hernández, él estará a cargo de las investigaciones.

—Claro, con mucho gusto —concluyó Tony.

—Muy bien señores gracias por su atención y su cooperación, con permiso —dijo el jefe del departamento de asuntos internos, y se retiraron.

—Tony, Teniente, nos permiten, tengo que hablar a solas con el fiscal —pidió el director, más el fiscal tomó la palabra de inmediato.

—No, no se retiren, yo me tengo que ir tengo una reunión con el alcalde. Sigan adelante. Todo está bien, no se preocupen. Yo me encargo. Esperemos que los resultados justifiquen los medios —dijo el fiscal retirándose de la oficina.

—Bueno, con su permiso, yo tengo que preparar los expedientes de los muchachos —

—¿Muchachos? —cuestionó el director sonriendo, mientras Tony reunía a su grupo.

—Muy bien, vamos a pasear, tenemos mucho trabajo.

—Perfecto, ¿vamos por algún sospechoso? —preguntó Saulo.

—No en esta ocasión, tengo que preparar sus expedientes, el tuyo primero, supongo —dijo Tony.

Saulo se quedó muy serio. Ya en el estacionamiento, abordaron una camioneta suburban, que manejaba Humberto.

—Muy bien ¿A dónde?

—Vamos aquí cerca —contestó Tony subiéndole el volumen a la radio ya que estaba una de sus canciones favoritas. Al ritmo de la música, la camioneta se desplazaba por las principales avenidas del centro de la ciudad.

—Estaciónate frente aquella estética.

—¿Ahí? —señaló Humberto.

—Sí, ahí —confirmó Tony.

—¿Acaso ahí hay algún sospechoso de homicidio? —preguntó Saulo.

—No, no lo creo — respondió Tony.

—¿Entonces? —inquirió Humberto.

—Sólo estaciónate, y traigan la cámara fotográfica, ¡órale, bájense!

Todos obedecieron y entraron a la estética.

—Buenos Días —saludó Tony.

—Buenos días caballeros, mi nombre es Virgilio, en un momento los atiendo. Nada más termino con esta hermosura y estoy con ustedes —contestó Virgilio, el estilista, meciéndole los cabellos a una señora.

—Necesito pedirle un favor —le dijo Tony levantándose la playera, dejando ver el arma y la placa de policía.

—¿Ay, pero que grandota! —respondió Virgilio, poniéndose las manos en la boca.

—No sea mamón —expresó Tony.

—No, no se llama Mon, dijo que se llama Virgilio —comentó Saulo riendo.

—Tú ven para acá, señor Virgilio, necesito que le preste un mandil de esos como el que usted trae puesto.

—Señorito por favor, ¡eh!—Sí, como no.

Virgilio le prestó un mandil, Tony hizo a Saulo que se lo pusiera.

Momentos más tarde salieron riendo a carcajadas, pero la risa no les duro mucho, porque vieron que la suburban ya no estaba donde la habían dejado.

—¿Y ahora qué? Si le puse moneda a la mira —dijo Humberto. Un vagabundo del sector se acercó a ellos.

—No se preocupen, no se la llevó la grúa, se la llevaron dos conocidos roba carros de esta zona.

—¿Qué no nos preocupemos?, ahí dejamos las armas largas —dijo Saulo.

Efectivamente el vagabundo tenía razón, dos sujetos tripulaban la camioneta por la autopista. El copiloto vio las armas en el asiento trasero.

—¡Mira hermano! —dijo mostrando un arma larga semiautomática.

Saulo ordenaba:

—¡Pide unidades!, ¡vamos a buscarlos!, ¡ los voy a matar a patadas!, no saben con quien se meten.

—¿Pedir unidades?, somos un grupo especial, ¿no? ¿Qué vamos a decir? ¿Qué nos robaron como a unos novatos?, no así déjenlo después nos ocuparemos de eso. Vamos a caminar. Tengo que terminar de preparar sus expedientes.

Dos cuadras más adelante, se detuvieron a comer en un carrito de hot dogs.

—Señor ¡queremos unos hot dogs y unos refrescos!

—Enseguida se los preparo.

—Puede permitirle a mi amigo que él los prepare.

— Claro que sí, jefe.

—Con mandil y gorro, préstaselo, ¡órale Humberto! —ordenó Tony.

Humberto enseguida se puso el mandil y el gorro. Al agarrar la primera salchicha se quemó y se le cayó al suelo; la recogió y la puso en el pan.

—Ese es el tuyo — le dijo Saulo, mientras que Tony le tomaba varias fotografías.

Después de comer, continuaron caminando unas cuadras, luego de tomar fotografías de los demás. Entraron a un ciber café y Tony conectó la cámara fotográfica a una computadora. Realizó algunos escritos, los imprimió, y los ordenó en carpetas.

—Listo, ya tengo sus expedientes —dijo Tony y todos riendo se fueron a las oficinas. Al llegar, ahí estaba el agente Hernández de asuntos internos y su compañero. Tony se dirigió a ellos.

—Disculpen la tardanza. Aquí tienen los expedientes de mi grupo.

Daniel, quien era el que estaba más interesado en el asunto, tomó las carpetas y empezó leyendo el de Saulo, al cual se le describía como: una persona muy tranquila y cariñoso con los animales, mostrando una fotografía dentro de una estética donde le cortaba el cabello a una señora y otras clientas esperando su turno, ya que tenía la gran fama de ser un excelente estilista de profesión. Una persona completamente inofensiva, concluía el expediente.

El siguiente era el de Humberto: un pacífico hombre que se ganaba la vida vendiendo hot dogs en las principales calles del centro de la ciudad, con la respectiva foto que lo muestra sonriendo con mandil y gorro preparando los hot dogs para sus clientes. El siguiente era el de Pascual: un humilde paletero recorriendo las calles empujando un carrito de paletas, sonando una campanita para atraer a sus clientes.

Daniel sonriendo, cerró la carpeta y preguntó a Tony.

—¿Y el suyo comandante?

—¡Oh, disculpe!, no me alcanzó el tiempo.

—¿Se puede saber de qué ocupación sería?

—Bueno, trabajaba en un asilo, cuidando ancianos.

—¿Ahí conoció al director?

—¡Exacto!, ahí lo conocí.

—¿No le parece que sus actividades son muy comunes y aisladas de los casos que nos ocupan?

—Bueno, las personas comunes tienen otra perspectiva de las cosas, actúan con el corazón. Para nosotros una víctima no es una estadística más.

—¿Considera algo común realizar en campo, un cálculo preliminar del cronotanatodiagnóstico?

—No sé a qué se refiere —contestó Tony.

—Revisó la rigidez cadavérica comparando la temperatura del cuerpo con la temperatura ambiente; luego midió el cuerpo de la víctima y observó la ubicación de las lesiones. Con esto calculó la estatura del sospechoso, del cual dio ciertas características muy acertadas: momentos después un integrante de su grupo encuentra al presunto culpable, a quien las evidencias lo sitúan como el asesino. Una acción muy plausible de su parte comandante. Sin embargo, el responsable utilizando las lagunas del sistema, logró burlar a la justicia, pero no a alguien, que de forma violenta lo asesinó en su propio departamento. Me gustaría saber su opinión al respecto.

—Creo que un asesino merece morir —dijo Tony.

—Yo también así lo creo, pero me queda claro que para eso están las leyes, y aunque las evidencias lo inculpaban, tenía derecho a un juicio — argumentó Daniel. Tony prosiguió:

—No difiero con su opinión, sino con la dirección que ésta lleva. Pero no se preocupe, aunque no estamos asignados a investigar homicidios de sujetos como ése, créame que yo me haré cargo de averiguar quién lo mató.

—Sin duda encontrará al culpable. ¡Por amor a la humanidad! Con su permiso —concluyó Daniel.

—Para servirle —respondió Tony.

Los agentes de asuntos internos se retiraron. Daniel le dio los expedientes a su compañero, así como las llaves del vehículo diciéndole:

—Te veré mañana en la oficina.

—Claro que sí, cuídate —contestó su compañero y se marchó. Daniel fue al departamento de archivo.

—Hola hermano, ¿cómo estás? —saludó a Bartolo, el cual lo recibió con gusto.

—Gracias a Dios, muy bien, ¿y tú?

—Excelente, ¿cómo está papá?

—Bien. Tiene buen ánimo. No ha dejado de ir a sus terapias. Ha mejorado mucho. Y a ti, ¿cómo te fue con el comandante del grupo especial? Supe que tu jefe le solicito expedientes de sus elementos.

Daniel sonriendo le respondió:

—Sí, son unas blancas palomitas.

—Ven te mostraré algo —dijo Bartolo ingresando unas claves en su computadora, que enseguida empezó a mostrar fotografías de Tony, Roberto, Saulo, Humberto, Pascual y Rodrigo, todos juntos, identificados como miembros de las fuerzas especiales del gobierno federal de los Estados Unidos que habían ejecutado, con éxito, importantes misiones de alto riesgo. Enseguida le mostró fotografías de cada uno de ellos con su expediente y perfil personal, el cual detallaba sus capacidades y entrenamientos para desarrollar dichas misiones, siendo Saulo el más violento. Roberto, ahora director de la policía de Los Ángeles, el más prudente, y por tal motivo, el jefe de grupo. Tony, el más audaz: su espíritu intrépido lo impulsaba a hacer cosas diferentes y segundo en la cadena de mando.

—Aquí están las blancas palomitas. Agentes especiales entrenados para matar —dijo Bartolo acomodándose la vieja gorra que siempre usaba.

—Creo que voy a tener mucho trabajo —dijo Daniel.

—Así lo creo hermano —afirmó Bartolo, agregando:

—¡Mira esto!

Bartolo abrió un archivo de Saulo, considerado confidencial, el cual establecía una posible razón de su violento comportamiento, pues recién había ingresado a las fuerzas especiales, cuando fue enviado a su primera misión en un país Árabe.

—No te preocupes amor, pronto estaré de regreso y nos casaremos —de esta manera Saulo se despidió de su novia.

Sólo unos días después, le notificaron que su novia había sido asesinada a cuchilladas, víctima de un asalto. Saulo consiguió licencia para dejar la misión y regresó. No lo pudo superar y se refugió en el alcohol. Después de unos meses, Tony lo rescató de las calles, y lo metió a su grupo.

—¡Vaya!, ¡qué interesante!, a propósito ¿Supiste que encontraron muerto al sospechoso que golpeó Saulo? —preguntó Daniel.

—Vamos por papá para comer juntos —dijo Bartolo ignorando la pregunta, cerrando los archivos y apagando la computadora.

—Excelente idea hermano —aceptó Daniel, y salieron del edificio.

Al llegar al vehículo de Bartolo, ahí estaba Tony, dándole el terminado a un excelente lavado.

—Olvidé decírselo señor, también soy lava carros ¡qué tengan un buen día!

—¿Cuánto le debo comandante?

—No es nada, es parte de mi trabajo.

Daniel y Bartolo sólo se voltearon a ver, se subieron al vehículo y se marcharon a recoger a su padre para ir a comer. Mientras ellos departían y conversaban, Tony y su grupo, realizaban operativos en la zona Este de la ciudad. Era una cacería contra delincuentes fichados por la policía por delitos diversos y hechos violentos. Horas más tarde en el cuarto de interrogatorio, un tipo no la pasaba nada bien en manos de Saulo, quien de forma violenta buscaba una confesión. Más el tipo apodado "El malo" por su tatuaje en la espalda que así lo identificaba, tenía antecedentes de haber participado en por lo menos un homicidio. Lejos de decir algo, se quejaba dramáticamente agarrándose un costado. Tony ordenó a Humberto.

—Llévalo a enfermería.

—Sólo está actuando Tony —sostuvo Saulo.

—Conozco el rictus de dolor, pude verlo en su cara.

Humberto sujetó al tipo de un brazo y lo llevó a enfermería, mientras Saulo aguardaba impaciente. Tony fue por un café, ahí se encontró con el director que estaba muy al pendiente del asunto.

—¿Y cómo va todo? —preguntó.

—Estamos cerca —respondió el comandante en los momentos que regresaba Humberto solo.

—¿Y el sospechoso? —preguntó Tony.

—Dice el médico que tiene una costilla rota y dificultades para oír con el oído izquierdo. Luego se presentó el abogado Hernández, y Daniel me dio estos documentos, y se lo llevaron.

—¿Daniel, el de asuntos internos?

—Así es.

Tony leyó los documentos. Estaban firmados por el fiscal de distrito.

—¿Qué opinas? —preguntó al director, quien contestó con otra pregunta.

—¿Tenían orden de arresto contra ese tipo?

—No —respondió y dirigiéndose a los elementos de su grupo ordenó.

—Tómense el fin de semana libre. Dedíquenselo a su familia, novia, novio o lo que tengan, El lunes nos vemos aquí.

Tony, sin ocultar lo extraño que le parecía la presencia de Daniel con el abogado, se despidió de Roberto.

Durante el fin de semana no tuvieron comunicación alguna entre ellos. El lunes, a las siete de la mañana, llegó Tony a las oficinas. Ya lo esperaban, el director, el teniente López y Daniel, quien preguntó.

—¿Dónde están los demás?

—No deben de tardar —contestó Tony con desenfado.

—¿Sabe donde estuvieron? ¿Sabe dónde estuvo Saulo? Porque en la estética no.

— No, no los ando cuidando.

—¿Sólo sabe cuidar ancianos?

El director intervino.

—Tony, esta madrugada encontraron un cadáver —hizo una pausa y continuó.

—Acuchillado.

—¿Otra mujer?

—No, un hombre, con un tatuaje en la espalda que dice "El Malo", un vendaje que protegía la rehabilitación de una costilla rota recientemente.

En esos momentos llegaba Saulo bromeando con Humberto.

—Con su permiso caballeros —dijo Daniel caminando a encontrarse con Saulo, a quien le mostró la placa y la credencial que lo acreditaba como agente de asuntos internos.

Saulo al verla comentó:—¡Bonita placa!, las he visto a noventa y nueve centavos en las tiendas del centro.

—Cerca de la estética donde trabaja, me imagino —dijo Daniel.

—Exacto —respondió Saulo sonriendo.

—¿Dónde estuvo este fin de semana?

—Por toda la ciudad, paseando en mi motocicleta.

—¿Qué hizo? —dije.

—Paseando en mi motocicleta ¿acaso me estás acusando de algo? —respondió Saulo molesto, retando a Daniel, quien con firmeza mantuvo una actitud cortés, sosteniéndole la mirada.

—Está bien relájense, vamos, Saulo, tenemos mucho trabajo —intervino Tony, llevándoselo del brazo. Daniel se retiró a su oficina.

—¿Tienes algo? —preguntó su jefe.

—No, aún no.

—Hay algo extraño en todo esto. Necesito que te involucres más en esas investigaciones.

—Sí, creo que es necesario —dijo Daniel, quien sabía que a pesar de sus sospechas no tenía nada en concreto que vinculara a Saulo con la muerte del "Malo", cuyo cuerpo permanecía en la morgue, pues nadie lo reclamaba.

Unos días después, otra joven fue encontrada muerta. El teniente López y los agentes de homicidios, así como el comandante Tony y su grupo se presentaron en el lugar de los hechos. La víctima no tenía alguna pertenencia consigo y presentaba heridas de navaja en el abdomen. Uno de los agentes que se encontraba en la escena comentó.

—Parece la de la fotografía.

—¿Qué fotografía? —preguntó el teniente López.

—La que está en los anuncios de reporte de desaparición de personas.

—Llama a los de ese departamento.

El agente se comunicó a la central policíaca y unos instantes después llegaron dos agentes a cargo del caso, los cuales confirmaron que se trataba de Joselyn Prats, la cual fue reportada desaparecida por sus padres. Quienes declararon que el día viernes salió temprano de su casa rumbo a su trabajo y ya no regresó. Los investigadores del departamento de personas desaparecidas, establecieron que la joven se presentó a trabajar como habitualmente lo hacía, y que al terminar el turno, al igual que todos los empleados, recibió su pago semanal. Algunos compañeros vieron a la joven retirarse con un sujeto apodado "El Chito", compañero de trabajo y amigo de ella.

Se sabía que los dos eran adictos a las drogas. Estas declaraciones pusieron al "Chito" como el principal sujeto a quien preguntar sobre el paradero de la joven, sin embargo él ya no se presentó a trabajar. Los agentes se dieron a la tarea de localizarlo en el domicilio registrado en el departamento de recursos humanos de la fábrica, pero fue inútil, ya que la dirección que tenía reportada, era un terreno baldío. Esto les resultaba por demás sospechoso, sin embargo, al momento no tenían la forma de localizarlo. Dándole la información de sus pesquisas al teniente López, quien quedaba a cargo de la investigación.

—Gracias se pueden retirar —dijo el teniente quedándose con el expediente.

—Me lo permite un momento teniente —pidió Tony.

—Sí, claro.

Tony tomó el expediente y reunió al grupo. El teniente López daba órdenes a los elementos de la unidad forense, quienes recogieron el cadáver, para llevarlo a la morgue. Tony regresó el expediente de la joven al teniente López y se retiraron del lugar. El teniente se encargó de notificar a los padres de Joselyn, quienes le comentaron desconocer la adicción de su hija y no sabían de que tuviera problemas con nadie.

Por su parte el forense determinó que la causa de muerte fue un choque hipovolémico producido por heridas corto penetrantes, al parecer con una navaja de doble filo de seis pulgadas de largo por dos de ancho. Como principal sospechoso, tenían al "Chito", con quien fue vista por última vez, y el cual tampoco se le había vuelto a ver. Los investigadores se avocaron a localizarlo, buscando entre familiares y amigos, sin embargo días después fue encontrado asesinado a cuchilladas. Su cuerpo se localizó tirado en el lote baldío que tenía registrado como su domicilio, todas sus pertenencias las tenía consigo. Los investigadores estaban confundidos, no encontraban un móvil claro de su crimen. En primera instancia lo relacionaron con algún pleito entre pandillas. Por su parte Daniel enfocaba su atención en el grupo especial, sobre todo en Saulo, pero no tenía ninguna prueba que los vinculara a ningún homicidio. Por otro lado, Bartolo analizaba cuidadosamente los casos buscando una explicación.

CAPÍTULO OCHO

A pesar de todos los esfuerzos en conjunto, y la voluntad de las autoridades por frenar los homicidios, un sujeto con una mente criminal parecía desafiarlos. Ya que sólo unos días después, siendo aproximadamente las cinco de la mañana del día lunes, un individuo se le acercó a una mujer que esperaba el autobús para dirigirse a su trabajo.

—Buenos días, señora —saludó

—Buenos días —contestó temerosa.

El fulano miró en todas direcciones para asegurarse que no había nadie más que ellos en esa solitaria calle, y a esas horas de la madrugada. Enseguida y con rapidez sacó una navaja y la amagó.

—Deme su bolso, su reloj y sus alhajas.

La mujer se rehusó a entregarle sus pertenencias tratando de huir, pero el tipo la agarró con fuerza y le clavó la navaja en varias ocasiones. La mujer cayó al piso sangrando profusamente de las heridas. El canalla con sangre fría la despojó de todo lo que traía de valor, para retirarse tranquilamente, pues nadie presenció el brutal ataque. Más tarde, a la luz del día, unos jóvenes que pasaban por el lugar con rumbo a su escuela, vieron el cuerpo de la desafortunada mujer. Asustados marcaron al número de emergencia reportando el hallazgo.

Momentos más tarde, el sonido de las ambulancias y patrullas se escuchaban arribando al lugar, así como el teniente López con los agentes de su grupo, también Tony, Saulo y

Humberto, seguidos de Daniel que llegó solo en un vehículo oficial. La víctima fue identificada en el lugar por una señora del sector que estaba entre los curiosos.

Se trataba de una mujer que tomaba el autobús urbano, para dirigirse a su trabajo, el teniente López observaba el cadáver, en el momento que se acercó Tony.

—¿Qué opina teniente?

—No lo sé, sólo espero que el que hizo esto, lo pague con su vida.

—Así debe de ser —afirmó Saulo, dirigiendo la mirada a Daniel.

—Con permiso.

Se retiró el teniente, más tarde, Daniel se encontraba en la morgue.

—¿Qué tenemos doctor? —preguntó al forense.

—Bueno, la victima presenta tres heridas punzocortantes, dos en la región abdominal y una en el costado izquierdo.

—¿Ya tiene terminado el dictamen?

—Sí, ya está listo.

—Me permite sacarle copias.

—Por supuesto.

—Gracias doc.

Después de sacar las copias, Daniel fue a la oficina de Bartolo.

—¿Cómo estás hermano?

—Bien, pasa.

—¿Muy ocupado? —preguntó Daniel, viendo varios expedientes sobre el escritorio.

—¿Crees que me puedas ayudar con el análisis de este expediente? —le pidió Daniel, entregándole copia del dictamen del forense.

—Déjame ver que tengo en los archivos, en sí, ¿qué es lo que buscas?

—Similitudes con otros casos. Un perfil, alguna evidencia.

—De acuerdo, dame tres días.

—Gracias hermano.

Daniel se retiró, Bartolo se quedó revisando expediente por expediente. En el caso de la joven Joselyn Prats, la dimensión de las heridas coincidía con las del "Chito" y la navaja encontrada a un lado del cadáver de este. En otro caso, algunas evidencias ponían como principal sospechoso a "El Malo" también encontrado muerto bajo las mismas circunstancias: asesinado con una navaja. Pero ninguna de las dimensiones de las navajas usadas en estos crímenes coincidía con la víctima más reciente, la cual tenía heridas similares a otros crímenes cuyos expedientes habían sido archivados por no contar con pistas suficientes para continuar con el caso, esto le indicaba que el asesino con más crímenes cometidos, aún andaba en las calles. Sólo el sueño era capaz de apartar a Bartolo de algo que mantenía ocupada su atención y su tiempo.

CAPÍTULO NUEVE

Al día siguiente, aproximadamente a las ocho de la mañana, en una joyería de la zona centro, el señor Abud, llegaba a su negocio. Aún no habría, cuando por la puerta trasera del lado del callejón, llamaron, a lo que el joyero atendió. Vio al tipo y antes de abrir, preguntó:

—¿Nadie te vio?

— No. Abre.

Abud abrió la puerta y el sujeto entró. Abud se asomó para asegurarse que nadie lo había seguido, cerrando de inmediato, dirigiéndose a la oficina.

—¿Qué me traes? — preguntó.

El tipo puso sobre la mesa unos anillos y unas cadenas de oro. El joyero las tomó para observar los objetos.

—Son de catorce quilates — dijo el sujeto y continuó.—¿Cuánto me das?

—Doscientos dólares —contestó Abud.

—¿Doscientos?

—Es lo más que te puedo dar.

—Oye, oye, ahí son más de mil.

Abud se le quedó mirando al pecho.

—Los mil te los doy, por la que traes puesta.

—Miserable, sabes que vale mucho más.

—Entonces ve a otro lugar.

El sujeto se enfureció y arremetió contra el joyero poniéndolo de espalda a la pared.

—Desgraciado. Sabes que la policía anda haciendo preguntas. Nadie quiere comprar.

En ese momento el tipo fijó la mirada en un cajón abierto, donde se veía el dinero, soltó a Abud y agarró un fajo de billetes dejando los anillos y las cadenas sobre la mesa.

—Esto es lo que valen.

El joyero se abalanzó contra él.

—Deja mi dinero, ladrón.

—¿Tú me llamas ladrón?

Se enfrascaron en una lucha cuerpo a cuerpo; los billetes se esparcieron por el piso. Abud agarró un pisa papel que estaba sobre el escritorio, lesionando al tipo en el pecho, pero este enfurecido lo derribó y con furia le estrelló la cabeza contra el suelo. Abud empezó a sangrar profusamente hasta dejar de defenderse. El tipo lo seguía golpeando. Entonces escuchó que alguien llegaba. Se levantó de inmediato, agarró las joyas que había dejado sobre el escritorio. Tuvo la intención de recoger los billetes que estaban esparcidos en el piso, sin embargo el sonido de las pisadas de la persona que llegaba, indicaba que estaba bastante cerca. El tipo, olvidándose del dinero, salió de prisa. Yin la empleada de la joyería era quien llegaba. Vio al sujeto salir corriendo y asustada se apresuró a la oficina, encontrando a su patrón tirado y mucha sangre en el piso. De inmediato llamó a la policía, en esos instantes un Camaro negro de modelo antiguo salía de la zona. La policía no tardó en llegar. Unos paramédicos que arribaron al lugar determinaron que el señor Abud estaba muerto. Los policías acordonaron el área. Momentos después llego el teniente López acompañado de dos agentes para hacerse cargo de las investigaciones, mientras tanto en el centro comercial, el Camaro negro se estacionaba. El conductor, antes de bajarse, miró en todas direcciones. Por el espejo retrovisor vio a una patrulla de policía. De inmediato se agachó para ocultarse. La patrulla continuó su recorrido. El sujeto se bajó del Camaro y entró al centro comercial, dirigiéndose a una prestigiada joyería. Frank su propietario lo atendió.

—¿Le puedo ayudar?

—Mire, tengo algunos problemas económicos y necesito vender mis joyas.

Frank lo notó nervioso. Se le quedó viendo al pecho: traía sangre justo al lado de un hermoso crucifijo de oro diamantado. El sujeto se dio cuenta y de inmediato se cubrió con la camisa.

—Tome asiento por favor, lo atiendo en un momento — le pidió Frank y fue a la caja registradora.

Un televisor encendido, que estaba en la parte superior, llamó su atención. Los noticieros locales pasaban imágenes del homicidio perpetuado en una de las joyerías del centro. Frank tomó el teléfono y marcó. El sujeto, que también se percató de las imágenes de la televisión, con desconfianza observaba todos sus movimientos. Frank al terminar la llamada dejó el teléfono a un lado de la caja registradora y regreso con el tipo, pero este ya iba saliendo de la joyería. Frank le gritó:—Oiga, espere, ¡le haré una buena oferta!

El tipo apresuró el paso, salió, y abordó su auto haciendo rechinar las llantas para retirarse a toda velocidad. Frank subió a su vehículo y lo siguió a prudente distancia.

Mientras tanto, el teniente López que se encontraba atendiendo el homicidio del joyero, recibió una llamada de la central de policía.

—Teniente, están reportando a un sospechoso en la joyería del centro comercial, al parecer tiene relación con el homicidio del joyero.

—Gracias, vamos para allá.

Momentos más tarde el Camaro negro se estacionaba en un complejo de apartamentos de la zona Este. Frank que lo observaba a distancia, lo vio entrar al apartamento marcado con el numero sesenta y seis. Luego se regresó a la joyería donde ya se encontraban los agentes de homicidios haciendo preguntas a la cajera, la cual no les aportó mucha información. El teniente López al ver llegar a Frank, le preguntó:

—¿Usted hizo la llamada?

—Sí, así es. El tipo me ofreció algunas joyas, estaba muy nervioso, traía sangre en su pecho parecía una cortada o algún rasguño. En esos momentos los noticieros locales transmitían la nota de un joyero asesinado en la zona centro.

—La víctima responde al nombre de Karim Abud ¿Lo conocía? —preguntó el teniente.

—No trataba con él, pero en el negocio se sabía que actuaba al margen de la ley, entre otras cosas, compraba joyería robada.

En esos momentos llegaron Tony, Saulo y Humberto; atrás de ellos llegó Daniel, a quien Frank reconoció de inmediato. Tuvo la intención de saludarlo, pero Tony ocupó su atención.

—¿Sirve su circuito de vigilancia? La cámara esa que está arriba.

—Sí.

—Nos permite ver el video.

—Claro, pasen.

Frank los pasó a su oficina y les mostró el video.

—Ahí, ¡detenga la imagen! —pidió Tony en el momento que se veía claramente el sospechoso.

—Es él — afirmó el teniente López y pidió:

—Imprima esa imagen, por favor.

Frank imprimió varias copias del sospechoso, se las entregó al teniente, quien repartió una a cada uno.

—¿Algo más que nos pueda decir de este tipo?

—No, él sospechó algo de mí y se fue. Trate de seguirlo, pero desapareció entre la gente.

—Gracias por su cooperación —dijo el teniente y salieron de la oficina. Daniel era el último, Frank lo detuvo poniéndole una mano en el hombro.

—¿Cómo está tu padre? —preguntó.

—Bien, muy bien —contestó Daniel al momento que Frank cerraba la puerta.

Tony desde afuera de la joyería los observaba platicando, que a juzgar por sus facciones, se trataba de algo serio. Momentos más tarde salió Daniel. Tony lo abordó:

—¿Algo importante oficial?

—No, nada en lo absoluto, ¿me esperaba para algo? Comandante.

—No, sólo espero a Humberto y a Saulo, fueron por una nieve.

—¿Una nieve?

—Sí, de fresa, es su sabor favorito.

Daniel no dijo nada y se retiró.

Por la tarde, Frank fue a visitar a su amigo Arturo.

—Frank que gusto verte, pasa por favor, ¿gustas algo de comer? ¿O de tomar? —le dijo al recibirlo con gran gusto.

Frank respondió de la misma manera, aunque su semblante denotaba una absoluta seriedad.

—Un vaso de agua está bien.

—¿Qué milagro que andas por aquí?

—Lo sé. Hace algún tiempo que no nos veíamos, desde aquella vez.

Arturo se quedó muy serio y pensativo, su rostro denotaba tristeza, Frank comprendió y dijo:—Por eso quería venir a platicar.

—Pasemos al jardín. Estar dentro de la casa me sofoca, su ausencia se siente en cada rincón. Al salir, por ahí andaba Bartolo haciendo labores de jardinería.

—¿Cómo estás Bartolo? —saludó Frank.

—Muy bien, que gusto verte —contestó Bartolo. Frank y Arturo se sentaron a platicar en una banca bajo un gran ciprés, el lugar favorito de Arturo. Bartolo continuó cortando algunas yerbas, mejorando el aspecto del jardín.

Las palabras de Frank estaban llenas de verdad, aunque no muy entendible. Por su parte Arturo, con la mirada clavada en unas hojas secas sobre el pasto, parecía estar perdido en sí mismo, pero en realidad la información que escuchaba divagaba entre los recuerdos, estirando fuerte los hilos del alma.

Cuarenta y cinco minutos después, Bartolo se retiró sin despedirse. Fue a su oficina. Parecía tener prisa, una cierta ansiedad se veía en él, hojeaba rápidamente expediente por expediente como buscando algo en particular, hasta que encontró lo que buscaba. Puso un expediente en el escritorio, guardó los otros en las cajas. Lo agarró, y empezó a leerlo con mucha atención. Al terminar, lo dejó sobre el escritorio y se marchó.

Momentos más tarde llegó Daniel a la oficina buscando a su hermano, pero no lo encontró. Se sentó en el escritorio con la intención de esperarlo, vio el expediente, que decía, "Caso sin resolver". Algo llamo su atención, y empezó a leerlo detenidamente.

—¡Oh, Dios mío! No puede ser —exclamó en voz baja.

Salió rápido, subió a su vehículo y se dirigió a la zona Este de la ciudad. Tenía prisa y tomó la autopista, pero unas millas más adelante el tráfico estaba completamente congestionado, los vehículos no se movían, había un accidente adelante. Daniel impaciente por avanzar tocaba el claxon, asomaba la cabeza por la ventana y veía por los espejos, buscaba la manera de salir de la autopista, pero no tenía más opción que esperar.

Mientras tanto en el apartamento número sesenta y seis del complejo habitacional de la zona Este, un hombre con una pistola escuadra en su mano derecha, se introducía sigilosamente por una ventana. Una vez en el interior, teniendo mucho cuidado de no hacer ningún ruido llegó a la sala; el cuarto estaba semi oscuro, sólo la luz del televisor encendido frente a un sillón. Ahí sentado, un sujeto que no se percató de la presencia del intruso hasta que sintió el frío cañón de la pistola pegado a su cabeza.

—No te muevas desgraciado.

El tipo sorprendido obedeció, mientras que el sujeto sin dejar de apuntarle con la pistola caminó dando vuelta al sillón. Observó la navaja en el buró, y se puso frente a él, fijando su mirada en el pecho.

—Hermoso crucifijo. Supongo que no me dirás como lo conseguiste.

El tipo trataba de mantenerse tranquilo.

—Está bien viejo, baja el arma —pidió.

En respuesta, una mirada que reflejaba la muerte y en el semblante, una total ausencia de sentimientos, acompañados de una firme voz.

—Desabróchalo con mucho cuidado, y ponlo en la mesa.

El nerviosismo se apoderó del tipo. Su rostro palideció al ver tal decisión en aquel desconocido que sorpresivamente había entrado a su departamento con la agilidad de un felino que no hace ningún ruido.

—Está bien, tranquilo, viejo.

Obedeció, se puso de pie y se quitó la cadenita con el crucifijo.

—Ahora siéntate donde estabas.

El desconocido tomó la joya y se la guardó sin dejar de apuntar con su pistola, con esa mirada característica del portador de la muerte. En la mesa de centro vio un tablero de ajedrez con sus piezas debidamente colocadas y externó:

—Lo sabía, muy interesante. Vamos a jugar —invitó. El desconcertado inquilino hizo un gesto de sorpresa, mientras que él se sentaba cómodamente.

—¡Vamos!, yo sé que sabes jugar muy bien.

—Así es, pero me imagino que no viniste nada más a eso apuntándome con una pistola.

—Adelante, yo sé que tú mueves primero, te corresponderían las blancas, pero por el lado que lo eliges tomarás las negras. Aún así moverás primero como acostumbras hacerlo.

—¿Qué pasará si yo gano? —preguntó el inquilino con cierta seguridad.

—Bajaré mi arma y me iré por donde llegué.

—¿Y si pierdo?

—Personas como tú, no tienen nada que perder. Así que tomaré tu alma y dejaré descomponer tu cuerpo.

—¿Por qué haces esto?

El intruso se enfadó.

—Una pregunta más y te volaré los sesos, ¡mueve!

Ante tal respuesta, el tipo tragó saliva y obedeció, moviendo su primera pieza. Sacó un caballo.

Tranquilamente y sin dejar de apuntarle con el arma, el intruso adelantó el peón frente al rey. Al inquilino le parecía imposible concentrarse, dada la amenaza, trataba de hacer lo posible por mover sus piezas correctamente. A medida que avanzaba el juego, el inquilino se ponía más nervioso al darse cuenta que su adversario sabía jugar muy bien, y con destreza natural, y una frialdad muy particular el intruso lo fue acorralando en su propio terreno.

—Jaque mate —dijo con seguridad. El inquilino sólo movía la cabeza de un lado a otro; se jalaba su larga cabellera negra; miraba desesperado el juego buscando alguna salida, y al no encontrarla suplicó.

—¡No me mates, por favor!

El intruso se puso de pie. Tal petición le dejó en claro la cobardía del derrotado. Con todo orden y calma, haciendo más larga la angustia del inquilino, el intruso guardaba las piezas en el tablero.

En esos momentos Daniel llegaba al estacionamiento de los departamentos y vio la motocicleta de Saulo. Sacó su arma, una pistola escuadra, calibre nueve milímetros, color negro; tomando todas las precauciones pertinentes, empezó a desplazarse, mientras tanto en el interior del apartamento número sesenta y seis, el intruso con fría determinación le apunto directo a la frente del inquilino.

En esos momentos, la puerta se abrió abruptamente: era Daniel quien de inmediato apuntó su arma a quien amagaba al otro en el sillón.

—No lo hagas, tira tu arma, no debes tomar la justicia en tus manos —advirtió Daniel.

El tipo que estaba en el sillón, trato de aprovechar la distracción, y con un repentino movimiento, apagó la televisión tratando de alcanzar un arma. El cuarto quedó obscuro y enseguida se escucharon tres detonaciones. Al momento, una persona escapaba por la ventana. Daniel rápidamente encendió la luz y vio al tipo sobre el sillón, muerto, con dos disparos en el pecho y uno en la cabeza. Daniel se asomó por la ventana y vio corriendo a una persona rumbo al estacionamiento.

Luego levantó una gorra; la miró por un instante, y la guardó en la bolsa interior de su saco. Enseguida fue y se paró frente al hombre que yacía sobre el sillón. Lo observó detenidamente, fijando su mirada en las cicatrices de la cara. Miró a un lado la pistola que el tipo trató de alcanzar, y una filosa navaja sobre el buró. Daniel se acomodó el saco y tomando de sus bolsillos unos guantes negros se los puso, luego agarró la pistola que estaba sobre el sillón, la revisó, vio que tenía el cargador abastecido y el tiro montado en la recámara. Enseguida caminó hacia la pared cerca del apagador. Apuntó la pistola a su hombro izquierdo. Luego la accionó en una ocasión. De inmediato la sangre brotó, dejando escapar un quejido de dolor. Enseguida fue hacia el tipo en el sillón, le colocó la pistola en su mano derecha que accionó disparando a la pared donde momentos antes él estuvo parado. Luego tomó su radio y llamó a la central policíaca, solicitando apoyo y ambulancia.

—Oficial herido, oficial herido —repitió, dando su ubicación.

Pronto llegaron varias unidades policíacas, así como la ambulancia, los paramédicos procedieron a atenderlo.

—Por suerte, sólo fue un rozón —expuso el paramédico mientras le limpiaba la herida.

En ese momento llegaba el teniente López y el comandante Tony, el cual se detuvo un momento, pues identificó la motocicleta de Saulo, quien salía de un apartamento bromeando y despidiéndose de una chica. Tony entró a ver a la víctima. El teniente hacia conjeturas reconociendo al sujeto.

—Es el tipo de la fotografía. Alguien se nos adelantó de nuevo.

—Sí, creo que así fue —refirió Tony, dirigiéndose a la ambulancia con Daniel a quien preguntó:

—¿Qué hacía en este lugar oficial? ¿Cómo localizó a este sujeto?

—Es confidencial comandante.

—Sí, claro —expresó Tony, mientras que Daniel se retiraba con el hombro y antebrazo vendados. Tony sólo se le quedo viendo sin decir más.

Al día siguiente, Daniel se presentó en su oficina, tenía la intención de hablar con su jefe a primera hora, pero este estaba ocupado con el director y el fiscal. Daniel traía un cabestrillo, así que tuvo que utilizar una sola mano para preparar su informe. Su jefe lo llamó a la oficina. Daniel imprimió el documento y fue a la oficina de su jefe.

—Buenos días.

—Buenos días.

Le respondieron el fiscal y el director.

—¿Cómo estás? —le preguntó su jefe.

—Bien, sólo fue un rozón. Aquí está mi informe.

El fiscal lo tomó para leerlo. El reporte mencionaba que había matado al sujeto en defensa propia.

—Así es, no te preocupes, ya me entregaron los resultados del individuo. Salió positivo a la prueba de parafina y rodizonato de sodio. Accionó el arma.

—Gracias señor.

—No hay nada que agradecer, sólo haces tu trabajo. Muy buen trabajo por cierto. A propósito, en el departamento del individuo, se encontró una navaja que lo vincula con varios crímenes, además se encontraron algunas pertenencias de las víctimas, así como huellas y compatibilidad de rastros de sangre. Se trata de Teodoro Ramírez.

Era buscado por asesinato en tres Estados. Terminaste con el chacal. Felicidades.

—Gracias, señor, ¿me puedo retirar?

—Sí claro, adelante.

Daniel salió dirigiéndose al departamento de archivo. Llegó a la oficina de Bartolo pero no estaba. Sobre el escritorio vio un viejo expediente que con letras grandes decía "CASO RESUELTO". Daniel respiró profundo. Los pensamientos invadieron su mente. Tomó el expediente y salió. Abordando su vehículo, se retiró.

Mientras tanto en el panteón, una persona que vestía una chamarra deportiva color gris con capuchón sobre su cabeza, colgaba en la cruz de la tumba de Linda MacArthur una cadenita de oro con un hermoso crucifijo de oro diamantado.

Luego, una vez que colocó cuidadosamente la cadenita, con un respirar profundo y un suspiro de paz, se arrodilló ante ella. Sus ojos dejaron escapar las lágrimas. De su chamarra sacó una fotografía que observaba con una profunda tristeza. El panteón estaba solitario, entre el silencio que guardaba, se escuchó un lento caminar quebrando las hojas secas. La persona arrodillada en la tumba continuó viendo la fotografía. No hizo por levantarse, ni por voltear a ver quién se acercaba.

Por su parte, Arturo Hernández, sosteniendo un ramo de flores, se sorprendió al ver a alguien en la tumba de su esposa. Se detuvo a la distancia, debido a los rayos del sol, vio un especial resplandor que emanaba del hermoso crucifijo de oro. Su rostro palideció, estaba desconcertado. A pesar del gran dolor que le causaron, Arturo tenía limpio su corazón de todo odio o rencor.

—Dios mío —exclamó, fijando su mirada en aquella joya.

—Dios mío, no puede ser —repitió casi en silencio. Luego cerró sus ojos llenos de lágrimas, a su mente vino la imagen de su esposa con la cadenita en su pecho, la imagen era tan real, como si el tiempo no hubiera pasado.

CAPÍTULO DIEZ

De inmediato vino el recuerdo de aquella tarde de primavera, en el centro comercial, cuando paseaba con Bartolo, su hijo menor, quien le pidió que le comprara un helado. Arturo accedió.

—¿Les puedo ayudar? —preguntó uno de los jóvenes que atendía el lugar.

—Deme un cono de fresa —pidió Bartolo y agregó:

—También uno doble en vaso, con tapadera por favor.

Arturo sonrió y preguntó:

—¿Cuánto le debo joven?

El muchacho le dio el recibo y Arturo pagó con un billete de veinte dólares y se retiraron.

—Señor, su cambio.

—Puedes quedártelo, es tu propina.

—Gracias, ¡qué generoso!—¿Cuánto le dejaste? —preguntó Bartolo.

—No tiene importancia. Nos atendió muy bien. Ese joven debería estar estudiando y no trabajando.

—Papá, ocupa su tiempo en algo bueno y no hace maldades.

—Tienes razón, hijo, gracias por el helado, ¿cómo sabias que es mi sabor favorito? —dijo Arturo estirando la mano para agarrar el helado.

Bartolo lo ocultó tras su espalda y le dijo: —No sabía que querías. Éste es para mi hermano.

—Sí, tienes razón. Gran idea. En realidad no tengo antojo de nieve ¿quieres mucho a tu hermano, verdad?

—Sí. Él siempre me cuida y me defiende en la escuela.

—Lo sé, él también te quiere mucho.

En ese momento timbró su teléfono celular. Arturo lo sacó de la bolsa y lo miró antes de contestar.

—Es tu madre. Si, bueno...

—Hola amor. ¿Dónde andan?

—En el centro comercial. Tu hijo quería un helado y le compró uno a su hermano. ¿Quieres que te llevemos uno?

—No, gracias, después no me va a quedar el vestido de esta noche. Recuerda que me invitaste a cenar.

—Sí, claro que no se me podía olvidar.

—Está bien amor, aquí los esperamos.

—Ya vamos para allá.

Al terminar la llamada Arturo marcó un número. Nadie contestó. Marcó otro número.

—Despacho del abogado Hernández —respondieron.— Señorita, disculpe ¿se encuentra Miguel?

—El licenciado Hernández está en una junta, ¿gusta dejar algún recado?

—Que le llamó su hermano, por favor.

—Claro, yo le comunico.

Momentos después sonó el celular de Arturo.

—¿Bueno?

—Hola hermano. ¿Cómo estás?

—Muy bien, aquí de paseo con mi hijo.

—Genial.

—Miguel, te llamo para recordarte la cena de esta noche.

—Sí, no te preocupes, ahí estaremos.

—Gracias hermano, nos vemos en la noche.

—Seguro.

Al terminar la llamada, Arturo se detuvo frente a una prestigiada joyería. Se quedó mirando fijamente un hermoso crucifijo de oro diamantado en una cadena de oro. Enseguida dijo a su hijo.

—Ven, vamos adentro.

Al entrar, el dueño los recibió con mucha familiaridad.

—Hola Arturo. ¿Cómo estás?

—Muy bien, Frank, ¿y tú cómo has estado?

—Excelente amigo.

—Mira, él es mi hijo Bartolo.

—Mucho gusto jovencito.

—Hijo, él es Frank, un viejo amigo mío.

—Mucho gusto señor.

—El gusto es mío Bartolo.

—Y bien, ¿qué te trae por aquí?

—Hoy, Linda y yo, cumplimos veinte años de casados.

—Pobre mujer, lo siento por ella —dijo Frank, y Arturo continuó.

—Y está noche lo vamos a celebrar en el restaurant Bar Mexicano donde la conocí. Ahí donde solíamos tomar la copa con los amigos, y me gustaría que nos pudieras acompañar.

—Claro, será un placer recordar viejos tiempos. Me imagino que buscas algo especial que regalarle.

—De hecho me gusto aquella cadena con el crucifijo que está allá.

— Buena elección. La cadena es de oro de veinticuatro quilates, y el crucifijo es de oro diamantado.

Frank tomó la cadena y se la mostró.

—Seguramente le va a encantar, es único —agregó Frank, mientras Arturo lo observaba.

—Me lo llevo.

—Muy bien amigo, tu esposa se va a poner feliz cuando lo vea.

—Se lo daré esta noche.

—Perfecto.

Arturo se dirigió a pagar a la caja. La prenda era bastante cara, pero la amistad con Frank le favoreció.

—Dele un cincuenta por ciento de descuento, es un gran amigo.

—Gracias Frank, y no lo olvides, te esperamos esta noche.

—Ahí estaré.

Arturo pagó con su tarjeta y al salir de la joyería, comentó Bartolo.

—Esa cadena está muy cara, yo no le regalaría una a mi novia.

—¿Disculpa?, ¿cuál novia?

—Bueno, digo, cuando tenga.

—Eso suena mejor.

Salieron del centro comercial y abordaron el vehículo rumbo a casa, Arturo le preguntó a su hijo.

—¿Cómo va esa nieve?

—Ya me la acabe.

—No, la de tu hermano, ¿no se te ha derretido?

—No, va bien, además la puede meter un rato al congelador.

—Tienes razón.

Llegaron a casa y Bartolo fue con Daniel, dándole la nieve le dijo:

—Hermano, te compré una nieve de tu sabor favorito.

Al escucharlo su padre, volteó a verlos, y preguntó:

—¿Te compré?

Bartolo sonriendo se dirigió a su hermano.

—Bueno la pagó papá, pero fue idea mía.

—Gracias hermano —dijo Daniel agarrando la nieve.

—¿Qué te parece si jugamos con los videojuegos? —pidió Bartolo.

—¿Y qué te parece si mejor hacemos la tarea? —contestó Daniel.

—Está bien —respondió Bartolo, mientras su madre les daba indicaciones.

—Anden hijos, recuerden que su padre y yo vamos a salir esta noche, y no quiero que dejen nada de tarea pendiente.

La tarde transcurría y al llegar las ocho de la noche, Linda ya se alistaba poniéndose unos zapatos de tacón negro con un vestido que combinaba perfecto con su moldeada figura.

—En un momento estoy listo, mi amor —dijo Arturo secándose el cabello.

—No te preocupes, todavía es buena hora —contestó Linda mientras se ponía la arracada en el oído derecho.

Cuando Arturo estuvo listo, se acercó a su esposa y mirándola fijamente a los ojos le dijo:

—Este es mi regalo de aniversario, se te verá muy hermoso y resaltará aún más tu belleza.

Linda sonriendo abrió la cajita.

—Adulador ¡oh, no lo puedo creer! —dijo Linda con asombro.

Arturo sacó la cadena con el crucifijo de oro y se lo colocó a su esposa.

—Muchas gracias amor, es hermoso —dijo Linda, abrazando a Arturo.

—Bueno, vamos que tenemos que dejar a nuestros hijos con tus padres —refirió Arturo, mientras tomaba su saco de un sillón.

Por su parte Linda llamaba a sus dos hijos.

—Hijos, ¿ya están listos?, nos tenemos que ir.

—¿No podemos quedarnos aquí? —preguntó Bartolo, mientras que Daniel ya se dirigía a la puerta diciendo a su hermano.

—Tenemos que obedecer a nuestros padres, allá jugamos tus videojuegos con el abuelo.

Bartolo asintió con la cabeza.

—Un momento, un momento, ¡vengan! —dijo Arturo, colocando una cámara fotográfica en la chimenea frente al sillón de la sala. Linda y sus hijos se sentaron. Arturo programó la cámara, se apresuró y se puso a un lado de su esposa.

—Te ves lindísima —dijo en el momento en que la cámara tomó la foto.

—Bueno. Ya vámonos que se hace tarde —dijo Linda.

La cámara se quedó en el lugar donde la colocó Arturo, y todos juntos salieron abordando el vehículo para dirigirse a la casa de los padres de Linda. Ya había caído la noche cuando llegaron. El padre de Linda los vio por la ventana y llamó a su esposa.

—Ya llegaron mujer.

—Ya voy. Lo bueno es que ya terminé —dijo la señora al salir de la cocina, limpiándose las manos en el delantal. Enseguida abrieron la puerta para recibirlos.

—Buenas noches, mamá — saludó Linda, mientras le daba un beso en la frente.

— Buenas noches, padre —dijo al abrazarlo.

—Pasen —dijo el papá de Linda.

—No, gracias —contestó Arturo.

—Ya nos tenemos que ir. Mi hermano y algunos amigos nos están esperando, pero mañana cuando vengamos a recoger a los muchachos nos quedamos un buen rato.

— Cuídense mucho, aquel sector tiene mala fama —comentó su suegro refiriéndose al lugar donde iban a celebrar su aniversario, en tanto la madre de Linda se dirigía a los muchachos.

—Vengan para acá mis hijos. Les acabo de preparar los pastelillos que tanto les gustan.

—Gracias abuela —dijo Daniel y entraron, en tanto sus padres felices, se retiraban del lugar.

— Ya deben de estar esperándonos —expresó Arturo, poniendo en marcha el vehículo rumbo al lugar de la reunión, un restaurante bar de buena reputación, enclavado en un sector de mala fama, donde el caminar por las noches era peligroso. Se sabía de la presencia de pandilleros en la zona, sin embargo, transitar en vehículo no representaba ningún riesgo. Tal era el caso de los clientes que acudían al lugar, el cual era muy concurrido los fines de semana por clientela de la clase media alta. El servicio era excelente y el ambiente cordial.

Al llegar Arturo y su esposa a las puertas del restaurante, un empleado del establecimiento se encargó de estacionar el vehículo. Al entrar se dirigieron con Miguel y sus amigos. Arturo saludó primero a su hermano, a la novia de él y luego a los demás.

—Gracias por venir —dijo Arturo mientras su esposa saludaba.—Cómo nos lo íbamos a perder —expresó Frank en los momentos en que el mesero le fue a entregar las llaves del vehículo y a tomar la orden.

Pidieron para cenar la especialidad de la casa, luego pidieron cerveza para los hombres y bebidas preparadas para las mujeres, de las cuales no todas aceptaron bebidas con licor. Linda era una de ellas y sólo pidió una limonada natural, en cambio Arturo entre pláticas y risas con sus amigos no paraba de tomar. Pedía una cerveza tras otra y no tardó mucho en que la embriagues hiciera estragos en él, pues ya perdía la cordura, aunque su comportamiento no era ofensivo, la formalidad la dejaba a un lado. Ya la corbata estaba desabrochada, el saco en el piso debido a que se levantaba muy seguido al baño tambaleándose en el camino y al regresar traía el cierre del pantalón desabrochado. Linda lo vio y sintió pena. Quiso ser discreta al decírselo, pero él ya estaba pasado de copas, lo tomó en gracia alzando la voz.

—No te preocupes mujer, no pasa nada. Relájate, vamos, tómate una cerveza.

Linda se negó, Arturo insistía.

—Vamos mujer, tómate una.

La forma en que Arturo se comportaba era para Linda una situación incómoda, por lo que le solicitó que se retiraran a su casa a descansar. Ya era muy tarde y él ya estaba muy tomado. Desde luego Arturo se negó.

—No, no, no, no, no, claro que no, mujer. Estamos divirtiéndonos muy a gusto, y cómo que ya nos vamos a ir, si apenas está empezando lo bueno. Mira ahorita llegan los mariachis y verás que canción tan suave te voy a cantar.

Linda al verlo tan tomado, optó por salir del lugar, agarró su bolso y se marchó. Arturo le hablaba en voz alta llamando la atención de los comensales.

—Linda, por favor, sólo estamos divirtiéndonos.

—Tiene razón, hermano. Ya bebiste demasiado, deberías de ir por ella —pidió Miguel, su hermano, quien era muy moderado al tomar.

—No te preocupes, hombre, ni modo que se quiera ir caminando a la casa, yo traigo las llaves y está muy lejos, ahorita se le pasa y regresa —aseveró Arturo dando un trago a su cerveza.

Linda, por su parte caminaba tranquila recordando tantos bellos momentos, dejando pasar el tiempo para que su esposo reaccionara, sabía que no era un mal hombre, ni tampoco acostumbraba a emborracharse, por lo que siguió caminando, sumida en sus pensamientos, disfrutando de la cálida noche. Pronto y sin darse cuenta ya estaba lejos del restaurante. Se dispuso a regresar y en esos momentos vio bajar de entre los arboles a cuatro tipos de mal aspecto que incendiaron una fogata. Se sentaron a beber y a drogarse, justo entre el restaurante y donde estaba ella. Linda sintió miedo al pensar que tendría que pasar frente a ellos.

—¡Ay, Dios mío!

—dijo Linda en voz baja, marcando por teléfono a su esposo, quien efectivamente había cumplido su amenaza, pues al son del mariachi completamente desentonado cantaba un clásico mexicano, razón por la cual no escuchó el teléfono.

Linda desesperada le marcó a su cuñado y debido al ruido de la música tampoco escuchó la llamada. La preocupación de Linda fue en aumento al ver a los tipos frente a la fogata escandalizando briagos y drogados.

—¡Contesta por favor!

Linda insistía en el teléfono. Al hacer varios intentos fallidos, optó por marcarle a su padre, pero él jugaba a los videojuegos con sus nietos, tampoco escuchó el teléfono.

Un fuerte trueno y un relámpago en el cielo, hicieron estremecer a Linda: la lluvia empezó a caer. Linda vio más adelante una parada de autobús y fue ahí. Se sentía cubierta del agua y temía de que la vieran los tipos de la fogata. Tenía la esperanza que pasara un taxi. Mientras Linda estaba angustiada, Arturo seguía cantando y bebiendo en el restaurant bar con sus amigos, amigas y su hermano. Linda al ver que no pasaba ningún taxi empezó a ponerse aún más nerviosa, ya que en la zona había muy poco alumbrado público y a excepción de los tipos de la fogata que disfrutaban de la lluvia, la calle estaba solitaria. Entonces le marcó de nuevo a su padre, pero la batería de su celular ya estaba agotada.

—Nada más esto me faltaba —inquirió Linda, mientras en el restaurante bar, Miguel le insistía a Arturo que dejara de tomar.

—Hermano, ve a buscar a tu esposa. Ya ha pasado buen rato, y no regresa.

Ante la insistencia de su hermano Miguel, Arturo accedió.

—Tienes razón hermano. Bueno, querido público, lamento que tengan que prescindir de esta gran voz pero el deber me llama —expuso Arturo a los clientes del lugar, y dirigiéndose a su hermano, con cierta confianza aseveró —ha de estar en el estacionamiento recargada en el carro, voy por ella y ahorita regreso.

Arturo levantó su saco del piso y se dirigió al baño, después de echarse un poco de agua en la cara y reanimarse, miró su celular, tenía varias llamadas pérdidas de su esposa. Enseguida le marcó y Linda no contestó. Esto lo preocupó y salió del lugar preguntando al empleado que estaba en la puerta.

—¿Dónde estacionaron mi vehículo?

—Enseguida, se lo traigo señor.

—Yo iré, sólo dígame ¿dónde está? El joven le indicó con la mano.

—Por aquel lugar, justo al pie de la lámpara.

Arturo se dirigió a su vehículo, preocupado pues sabía que con la lluvia, su esposa no iba a estar afuera del carro.

De inmediato salió tomando el camino por donde habían llegado, manejando despacio, asumiendo que su esposa no estaría muy lejos, sin imaginar lo que a ella le pasaba, pues un sujeto de mal aspecto que salió de entre los arbustos se le acercó.

—Buenas noches, señora.

—Bueeenas Nooches —contestó Linda con visible nerviosismo.

El tipo volteaba en todas direcciones cerciorándose que no había nadie cerca. Solamente se veían los tipos de la fogata divirtiéndose sin prestar ninguna atención en lo que ocurría en sus alrededores. Enseguida el tipo saco de entre sus ropas una navaja y amagó a Linda.

—Deme todo lo que traiga de valor, —pidió el delincuente.

Linda vio a lo lejos las luces de un vehículo y trató de correr, pero el sujeto que también lo vio, la agarró con fuerza tratando de llevarla atrás de los arbustos. Linda temiendo lo peor, se armó de valor y defendiéndose rasguño con todas sus fuerzas el rostro del delincuente, quien al sentir la sangre brotar, se enfureció clavándole la navaja en repetidas ocasiones, el pánico se apoderó de Linda lanzando unos espantosos gritos de horror que arrancaron de sus sueños a los vecinos. Cayó al suelo, su sangre se vertía con el agua que corría por la tierra. El malvado sujeto tomó el bolso y al ver el hermoso crucifijo de oro se agachó para quitárselo. En los momentos que desabrochaba la cadena, Arturo se acercaba al lugar y entre la obscuridad y la lluvia, desde su vehículo vio a un sujeto con las manos en el cuello de una mujer. Sintió una fuerte punzada en el corazón y lo peor se le vino a la mente.

El sujeto al ver muy cerca las luces del auto se echó a correr con dirección al centro de la ciudad.

—¡Eh! ¡Qué demonios, Linda! —pronunció Arturo, quien de inmediato se bajó del vehículo y fue corriendo al lugar donde yacía la persona tirada. Los nervios y la embriagues lo hicieron caer, tirando su celular, trastabillando llegó al lugar, sus ojos toparon con un cuadro aterrador. Por desgracia era su esposa Linda. El la tomó en sus brazos tratando de levantarla, pero su inerte cuerpo le indicaba lo peor. Sintió como sus manos se llenaban de sangre que brotaba de las heridas del frágil cuerpo. Aferrándose a ella lloró como un loco. Súbitamente la soltó, parecía bloqueado, no queriendo aceptar lo que había pasado. Expresó:

—¡No!, ¡no puede ser!, ¡todo es mi culpa!

Angustiado se agarraba la cara en los momentos en que la ira se apoderaba de él. Volviéndose hacia donde corría el delincuente, Arturo sólo murmuró cerca de su esposa.

—¡Perdóname mi amor!, ¡perdóname!

Se incorporó tambaleándose y se subió a su vehículo acelerando a toda velocidad haciendo rechinar las llantas. El auto derrapaba de un lado a otro, yendo en persecución del sujeto.

—Maldito, ¡te voy a matar! —gritaba furioso, pisando el acelerador a fondo.

El tipo miró hacia atrás, viendo que el vehículo se acercaba, de inmediato dobló en la esquina de una calle, entró a una zona en construcción protegida por una barrera de concreto, la cual brincó con facilidad. Arturo dio la vuelta a toda velocidad, derrapando el vehículo en el mojado pavimento. Perdiendo el control y sin poder evitar la barrera se estrelló de frente quedando el carro con las luces encendidas, el cofre doblado mientras salía humo del motor. Arturo sangraba de la cabeza, yacía inconsciente recargado en el volante, atrapado entre los retorcidos fierros. El claxon del vehículo no paraba de sonar.

Con sus sentidos, se apagaron aquellos trágicos acontecimientos, que por años fueron guardados en lo más profundo de su conciencia, que ahora al ver la hermosa joya lo transportara en el tiempo.

CAPÍTULO ONCE

En esos momentos, el ruido de un auto entrando al panteón interrumpió sus recuerdos, abrió los ojos, y en la tumba de su esposa ya no había nadie, sólo la cadenita de oro pendiendo en la cruz. Luego dirigió la mirada al auto, era su hijo Daniel.

Arturo caminó lentamente hacia la tumba, al colocar el ramo de rosas rojas, vio aquella fotografía familiar, que fue la última que se tomaron todos juntos. Daniel llegó, miró la fotografía y sin poder evitar el llanto, abrazó a su padre. Un absoluto silencio invadió el lugar, después de un instante, Arturo, al ver a Daniel sosteniendo una vieja gorra de béisbol preguntó:

—¿Qué no es esa la gorra de tu hermano?

—Sí, así es —contestó Daniel, dirigiendo la mirada hacia la persona que caminaba rumbo a la salida del panteón a paso firme, con el aire de quien se siente aliviado de un peso intolerable.

Daniel no se percató que el comandante Tony, sentado en su motocicleta los observaba a prudente distancia; se inclinó a levantar aquella fotografía familiar, la última que se tomaron aquella tarde del trece de abril.

—Descansa en paz, mamá —dijo con profunda tristeza en su corazón. Arturo al ver la aflicción de su hijo, tratando de disimular su angustia, preguntó:

—¿Qué te parece un helado de fresa, hijo?

—Excelente —contestó Daniel, y juntos caminaron al vehículo, dejando atrás la tumba de Linda MacArthur y una hermosa joya colgada en su cruz.

Fin

EPÍLOGO

La eventualidad de un destino colocó a los hermanos Hernández en el curso colateral de la causa verdadera del fallecimiento de su madre.

Ellos con la ley y la justicia en la sangre, fueron esclareciendo gradualmente la veracidad de los hechos, hasta ponerse frente a frente con el asesino, quien terminó su vida, con el pecho y la cabeza perforados, por las balas de la venganza, y despojado de una hermosa y valiosa joya que no le pertenecía.

Así terminó el terror que asolaba a los habitantes de la ciudad de Los Ángeles California, principalmente en el lado Este.

Todos los personajes, así como sus nombres y acciones en esta historia son con un fin novelesco, cualquier parecido con la realidad es mera coincidencia.

www.ingramcontent.com/pod-product-compliance
Lightning Source LLC
LaVergne TN
LVHW021713060526
838200LV00050B/2637